pi 文庫
〉

昨日

アゴタ・クリストフ
堀　茂樹訳

epi

早川書房
5869

HIER

by

Agota Kristof

Translated by
Shigeki Hori
Published 2006 in Japan by
HAYAKAWA PUBLISHING, INC.
This book is published in Japan by
direct arrangement with
ÉDITIONS DU SEUIL

昨日《きのう》は、すべてがもっと美しかった
木々の間に音楽
ぼくの髪に風
そして、きみが伸ばした手には
太陽

目次

昨日

逃　亡

昨日《きのう》、心当たりのある風が吹いていた。以前にも出会ったことのある風だった。いつになく早く訪れた、ある春の日。私はいつもの朝と同じように、きっぱりとした早い足取りで風の中を歩いていた。が、それでいて私は、自分のベッドに戻ってそこに横たわり、何も考えず、何も望まず、ただじっと動かずに寝ていたかった。そうしていれば、やがてあのもの——声でも、味でも、匂いでもなく、記憶の限界の向こうからやって来る、非常にぼんやりした想い出でしかないあのものが接近するのを、感じることができるはずだった。

ゆっくりとドアが開き、だらりと垂れ下がった私の手が、まるで絹のような、柔らかな虎の毛の感触におののいた。

「音楽をやれ」と虎が言った。「何か演奏しろ！　ヴァイオリンかピアノか。うむ、そうだ、ピアノのほうがいい。弾《ひ》いてみろ！」

「できない」と私は言った。「私は生まれてこのかた、ピアノは弾いたことがない。

それに、私はピアノを持っていない。ピアノを持ったことなど一度もないのだよ」

「生まれてこのかた、だと？　愚にもつかぬことを言いおって！　さあ、窓辺へ行って演奏するんだ！」

私の部屋の窓の向かい側に森があった。その森に目をやると、鳥たちが私の音楽を聴《き》こうとして、木々の枝に集合していた。私は鳥たちを見た。鳥たちは小さな頭をかしげ、じっと動かない眼差しを私に向けていたが、その眼差しは私を貫通して、どこかを視《み》ていた。

私の音楽の響きは大きくなる一方だ。聴いていられないほどの大きな響きになっていく。

一羽の鳥が死んで、枝から落下する。

音楽がやんだ。

私は振り返った。

虎が部屋の中央に坐って、微笑《ほほえ》んでいる。

「今日はこのくらいでよかろう。おまえは練習の回数をもっと増やす必要があるな」

「わかったよ、約束する。私は練習をする。しかし、もうじき人が数人訪ねてくるはずなんだ。どうか理解してほしい。きみがここに、私のこの家にいると、私はかまわないけれども、訪問者たちは変に思いかねないんだ」

「当然、そうだろうな」虎は欠伸《あくび》をしながら言った。

しなやかに足を運び、虎はドアから出ていった。私はそのあとから鍵を二重にロックした。

「また会おう」虎はなおもそう声をかけてから、去っていった。

リーヌが工場の入口のところで、壁に凭《もた》れて私を待っていた。彼女があまりに蒼白《あおじろ》く、あまりに淋《さび》しげなので、私は彼女に声をかけるために立ち止まる心づもりをした。にもかかわらず、私は彼女の前を通り過ぎ、振り向くことすらしなかった。

しばらくのち、私は持ち場の機械をすでに運転状態にしてしまっていたが、彼女がそばにいることに気づいた。

「ねえ、変よね。わたし、あなたが笑っているところを見たことがない。あなたと知り合ってもう何年にもなるわ。ところが、知り合ってからのこの年月、あなたは一度も笑ったことがないのよ」

私は彼女をまじまじと見た。そして笑い出した。

「笑わないあなたのほうがすてきだと思う」と彼女が言った。

その瞬間、私はある強い不安に襲われた。で、窓から身を乗り出して外を見た。風が相変わらず吹いているかどうかを確かめたかったのだ。木々が揺れていたので、私はほっとした。

振り返ると、リーヌはすでに姿を消していた。そこで、私は彼女に話しかけた。

「リーヌ、ぼくはきみが好きだ。きみを本当に愛しているんだ、リーヌ。ただ、ぼくにはそのことを考える時間がない。なにしろ、考えなくてはならないことがたくさんありすぎる。たとえばあの風のことだ。ぼくは今これから外へ出て、風の中を歩かなくてはならない。きみと一緒に歩くわけではない。けれども、リーヌ、気を悪くしないでくれ。風の中を歩く——これは独りきりでなければできない。なぜなら、あそこには虎がいるし、ピアノがあって、そのピアノを弾くと鳥が死んでしまうのだからね。でも、恐怖を打ち払ってくれるのは風だけだ。これはよく知られていることで、ぼくもずっと前から知っている」

工場の機械が、私のまわりにお告げの鐘のように鳴り響く。

私は廊下を辿《たど》っていった。扉が開いていた。その扉はつねに開いていたが、私はそれまで、その扉からは外へ出ようとしたためしがなかった。

なぜだろう？

風が通りに吹き荒れていた。人けのない街のありさまが私には奇妙に思えた。平日の午前中にその街を見るのは、およそ初めてのことだった。

しばらくのち、私は石のベンチに腰を下ろし、そして泣いた。

午後になると、陽が射した。いくつもの小さな雲が空に流れていて、すこぶる陽気がよかった。

私は居酒屋に入った。腹が減っていたのだ。ボーイが私の前に、サンドイッチの載った皿を置いた。

私は自分自身に言った。

「さあ、もう工場へ戻る潮時《しおどき》だ。おまえはあそこへ戻らなければならない。仕事をやめる理由など、おまえには何ひとつありはしないのだから。わかった、今はもう、工場へ戻ることにする」

私はふたたび泣きはじめた。気がつくと、サンドイッチを平らげてしまっていた。早く到着できるように、バスに乗った。時刻は午後三時。まだ二時間半、働く時間がある。

空が曇った。

バスが工場の前を通過する時、車掌が私を見た。もっと先で、彼が私の肩を軽く叩いた。

「終点ですよ」

私が降り立った場所は一種の公園だった。木々があり、何軒かの家があった。すでに日が暮れてしまっていたが、私は森の中に入っていった。

雨が降り出していて、今や雪まじりの本降りとなっていた。風が荒々しく私の顔面を打つ。だが、それはあの風、同じ風だった。

私はますます足を早め、頂上をめざして歩く。

私は目をつむった。どっちみち、何も見えはしない。一歩進むたびに、木にぶつかる。

「水をくれ！」

私の頭上遥《はる》かなところで、誰かが叫んだのだった。

滑稽《こっけい》なことだった。いたるところ水びたしだったのだから。

私もまた、喉《のど》が渇《かわ》いていた。私は頭をぐっと仰向けにし、両腕を広げて、そのまま倒れた。冷たい泥に顔まで包まれ、そしてもう動かなかった。

こんなふうにして、私は死んだ。

まもなく、私の体は土と区別がつかなくなった。

もちろん、私は死んでいない。散歩していた男が、森の奥で、私が泥の中に寝ているのを見つけたのだ。彼は救急車を呼んだ。人びとが私を病院へ運び込んだ。私は凍《こご》えてさえいず、ただずぶ濡れになっていただけだった。私は森の中で一晩眠ったのだが、それだけのことだった。

そう、私は死んではいなかった。私はせいぜい、致命傷になりかねない気管支肺炎に罹《かか》っていただけだ。六週間、病院に入院していなければならなかった。肺病が癒《い》えると、私は精神科の病棟へ移された。その前に、自殺しようとしたからだった。

私は病院にとどまっていられるのがうれしかった。工場へ戻りたくなかったからだ。病院では気分がよかった。世話をしてもらえるし、眠ることもできる。食事にしても、いくつもの定食のうちから好きなものを選ぶことができる。小さな応接間で煙草《たばこ》を吸うこともできた。医者と話をするときにも、私は喫煙を許された。

「自分の死を書くことはできないよ」

こう私に言ったのは精神科医だ。この点、私にも異論はない。なにしろ、死んでしまったら、書くことができないのだから。けれども、内心では私は、自分は何でも書くことができる、たとえ書き得ないはずのことでも、たとえ真実でないことでも——と思っている。

ふつう、私は自分の頭の中に書くことで満足している。そのほうが紙に書くより易《やさ》しい。頭の中では、すべてが易々《やすやす》と展開する。しかし、書き始めるやいなや、考えは変化し、変形し、そしてすべてが嘘になる。言葉のせいだ。

私は自分が立ち寄るあらゆる場所で書く。バスの方へ歩きながら書く。バスの中で、男性更衣室で、受け持ちの機械の前で書く。

厄介《やっかい》なことがある。私は書くべきことを書かない。私はでたらめを書く。誰も理解することのできないこと、自分自身わけの分からないことを書く。夜、その日の日中いっぱい頭の中に書きためたことを筆写する時、私は、我ながらいったいなぜこんなことを書いたのかと自問する。誰のために、どんな理由で？

精神科医が私に問う。

「リーヌというのは誰なのかね」

「リーヌは架空の人物でしかないんです。彼女は存在していません」

「虎、ピアノ、鳥たちは？」

「悪夢ですよ、ただ単にね」

「自分の見た悪夢のせいで死のうとしたのかい？」

「もし本当に死のうとしたなら、わたしはとうに死んでいますよ。わたしはただ休みたかっただけなんです。こんな生活、工場とその他もろもろ、リーヌのいない、希望のない生活を続けることがもうできなくなっていたんです。朝五時に起きて、歩き、走り、バスに跳び乗り、四十分間バスに揺られて四つ目の村、工場の壁の中に到着する。急いで灰色の作業着を身につけ、同僚とぶつかり合いながら大時計の前でタイムカードを押し、受け持ちの機械の方へ駆けていき、機械を作動させ、できるかぎり早く穴を空《あ》ける、毎度同じ部品に毎度同じ穴を空ける、空ける、できれば一日に一万回、空ける。そんな作業の速度にわたしたちの給料が、生活がかかっているんです」

医師が言う。

「労働者の生活はそんなものさ。仕事があるだけでも恵まれていると思ったほうがいい。失業している人が大勢いるんだから。ところで、リーヌのことだが……。ブロンドの髪をした綺麗《きれい》な若い女性が毎日きみに会いに来ているね。どうして彼女の名はリーヌじゃないのかな？」

「どうしてって、あれはヨランドであって、ヨランドは今後とも絶対にリーヌと呼ばれはしないからです。わたしは知っているんです、あれはリーヌではないってね。彼女はリーヌではない、彼女はヨランドです。ずいぶん滑稽な名前でしょう？　しかも彼女本人が、名前に劣らず滑稽なんですよ。薬で染めて、頭のてっぺんに束《たば》ねたあのブロンドの髪、ピンクのマニキュアを塗った、猫や鳥の爪みたいに長く伸ばしたあの爪、十センチもあるあのハイヒール。ヨランドは背が低い、非常に低いんですよ、先生。それで彼女は踵《かかと》が十センチもある靴を履《は》いて、物笑いのタネになりそうな髪形をしているんです」

医師が言う。

「それなら、どうして彼女と会い続けているのかね」

「他には相手がいないからです。それに、相手を変えたくないからです。一時期あまりにたびたび相手を変えたことがあって、わたしはもう疲れたのです。どっちみち、変わりはないんだ、ヨランドでも、他の女でも……。彼女のところへは、週に一度通っています。彼女が料理を用意するので、わたしはワインを持っていきます。われわれのあいだに愛はありません」

医師が言う。

「なるほどきみの側には、ないのかもしれない。しかし、彼女のほうの感情についてはどうかな、いったいきみ、どんなことを知っている?」

「何も知りたくないですね。彼女の感情には興味がないんです。彼女との付き合いは、リーヌがやって来るまでのことです」

「今なお、リーヌがやって来ると信じているのかね?」

「もちろんですよ。彼女がどこかに存在していることをわたしは知っています。わたしには昔から分かっているんです。自分が生まれてきたのは彼女と出会うためだとね。彼女のほうも同じです。彼女が生まれてきたのはわたしと出会うためなんだ。彼女の名はリーヌ、彼女はわたしの妻、わたしの愛、わたしの命です。まだ一度も、彼女に会ったことはありません」

ヨランド、彼女に出会ったのは靴下を買いに行った折りだった。黒の靴下、グレーの靴下、白いテニス用靴下……。私はテニスはやらない。

ヨランド、初めて会ったとき、私は彼女をすごく綺麗だと思った。優雅だと思った。いろいろな靴下を出して見せながら、彼女は首を傾《かし》げていた。微笑んでいた。ほとんど踊っていた。

私は靴下の代金を払った。彼女に訊ねた。

「他の所でご一緒できますか」

彼女は愚かしく笑った。が、彼女が愚かしくても、私にはどうでもいいことだった。彼女の体だけが、私の関心を惹いていた。

「向かいのカフェで待っていてちょうだい。わたしがここの仕事を終えるのは五時よ」

私はワインを一本買い、それから、靴下を入れたビニールの袋を提《さ》げて、向かいのカフェで待機した。

ヨランドがやって来た。私たちはコーヒーを飲み、それから彼女の家へ行った。

彼女は料理が上手だ。

ヨランドは、彼女の寝起きの顔を見たことのない者の目には美人と映るかもしれない。

寝起きの時には、彼女はもはや、しわくちゃの小さな物体にすぎない。髪が垂れ下がり、化粧が崩れ、目の周りにコール墨の途方もなく大きな染《し》みができている。ベッドからシャワーの方へ遠ざかっていく彼女を私は眺める。脚が痩《や》せ細っている。お尻も胸もほとんど平らだ。

彼女が浴室に入ったら、少なくとも一時間は出てこない。出てくる時、そこにふたたび現れるのは、綺麗に髪を結い、見事に化粧し、十センチのハイヒールを履いたヨランド、美しくて溌剌《はつらつ》としているヨランドだ。微笑んでいる。愚かしく笑っている。

ふつう、私は土曜の夜遅く自宅に帰るのだが、ときには日曜の朝まで泊まる。その場合は、朝食も彼女とともにする。

彼女が日曜も開いているパン屋までクロワッサンを買いにいく。彼女の家から徒歩で二十分はかかる。彼女がコーヒーを淹《い》れる。

私たちは食べる。そのあとで、私は自分の家へ帰る。

私が去ったあと、日曜日にヨランドは何をするのだろう？　私はまったく何も知らない。彼女に訊ねてみたこともない。

嘘

私がついたすべての嘘のうちで、これがいちばん可笑《おか》しい。――私がどんなに故国《くに》へ帰りたがっているかをきみに語ったときの嘘。きみは同情して、瞼《まぶた》をパチパチさせていた。そして喉を詰まらせ、しきりに咳払いをしながら、励ましと理解に満ちた言葉を見つけようとしていた。その夜の間じゅう遠慮して、笑うのを控えていた。まったく、その話をきみに聞かせた甲斐《かい》があったというものだ。

自宅に帰ると、私はすべての部屋の明かりを灯《とも》し、鏡の前に立った。自分をじっと見つめていたら、ついには自分のイメージがぼんやりとして、識別のつかないものになった。

何時間もの間、私は寝室の中を歩き回った。私の本がテーブルや棚の上に放置されていた。ベッドは冷たく、あまりにもきちんと整えられていた。そこに横になる気には到底なれなかった。

暁が近づいていたが、正面の家々の窓に明かりはない。黒ぐろとしている。

私は幾度も、ドアが閉まっているかどうかを確かめた。それから、自分の眠気を誘うべく、きみのことを考えようとしたのだが、きみは捉《とら》えどころのない、ひとつの灰色のイメージでしかなくて、その点、他のもろもろの想い出と同じことだった。

冬のある夜に私が端から端まで歩き通したあの黒い山々や、ある朝私がそこで目覚めたあの荒れ果てた農家の寝室や、十年前から私がそこで働いている現代的な工場や、あまりにもたびたび目にしたためにもう見たくなくなった風景と、同じことだった。

まもなく、考えるべき対象が私の中で尽きてしまい、考えたくないものしか残っていなかった。私は泣けるものなら少し泣きたかったのだが、そうはできなかった。泣く理由など私にはいっさいなかったから。

医師が私に問う。

「きみはどういうわけで、心待ちにしている女性の呼び名として、〝リーヌ〟という名前を選んだのかね」

私は彼に言う。

「わたしの母の名前がリナで、わたしは母をとても愛していたからです。母は、わたしが十歳の時に死にました」

彼が言う。

「子供時代のことを話してくれないか」

そう来るだろうと思っていた。私の子供時代だとさ！　誰も彼もが私の子供時代に関心を示す。

医師が投げかけてくるばかな質問の数々に、私はうまく対応した。毎度必要があったから、私はうまく辻褄《つじつま》を合わせた子供時代の話をあらかじめ用意していた。その話を、私はすでに何度も用いたことがあった。ヨランドにも、数少ない友人や知り合いにも、その話をしていたし、将来リーヌにも同じ話をするつもりだ。

私は戦争孤児なのである。両親は爆撃で死んだ。私は家族のうちのただ一人の生き残りだ。兄弟姉妹は初めからいなかった。

私はある孤児院で育てられた。あの時代の、大勢の子供たちと同じように――。十二歳の時、私は孤児院から逃げ出した。国境を渡った。それだけだ。

「それだけかね？」

「ええ、それだけです」

いくらなんでも、私の本当の子供時代をこの男に話したりするものか！

私は、取るに足らないある国の、名もない村で生まれた。

私の母エステルは、村で乞食《こじき》をしていた。男たち――小麦粉、トウモロコシ、ミルクなどをくれる農夫たちと寝てもいた。彼女はまた、無断で畑や菜園に入り込んで果実や野菜を取り、ときには農家の中庭から若鶏や若いアヒルを盗んでいた。農夫たちが豚を一頭殺したときには、母の貰《もら》い受ける分として、下等肉、臓物その他、要するに村人たちが食べたがらない部分が取り分けられるのだった。

母と私には、どんな部分も美味だった。

母は盗人《ぬすっと》で、乞食で、村の娼婦だった。

私はというと、よく我が家の前に坐り込み、粘土で遊んでいた。粘土をこね、巨大な男根、乳房、尻の形を作っていた。また、赤粘土の中に母の体を彫り込み、そこに自分のまだ子供の指を突っ込んで穴を穿《うが》っていた。口、鼻、目、性器、肛門、臍《へそ》。

母の体には穴がいっぱいあった。私たちの家、着ているもの、靴もそうだった。私は自分の靴に空《あ》いた穴を泥で埋めていた。

私は庭で暮らしていた。

腹が減ったり、眠くなったり、寒くなったりすると、私は家の中に入った。何か食べるもの、グリルで焼いたジャガイモ、焼いたトウモロコシ、凝固ミルク、ときにはパンを見つけた。そして、竈《かまど》のわきの藁布団《わらぶとん》に寝ころがった。

たいてい、寝室のドアは、台所の温かみが寝室にも入ってくるように開け放たれていた。寝室で起こることのすべてが私の目に入っていた。耳に聞こえていた。

母は寝室から台所へ出てきてバケツで尻を洗い、布切れで拭《ぬぐ》い、寝室へ戻って眠るのだった。母はめったに私に話しかけなかった。一度として私にキスしたことがなかった。

最も驚くべきは、私が一人っ子のままでいたことだ。私は今でもなお、どのようにして母が私のとき以外の妊娠を厄介払いすることができたのか、またなぜ母がこの私だけは〝捨てなかった〟のか、訝《いぶか》しく思う。おそらく私は、彼女の最初の〝事故〟だったのだろう。母と私は十七しか歳が離れていなかった。おそらく彼女はその後、余分な子供を抱え込まずに生き延びるためにはどうしなければならないかを学んだのだろう。

あるとき母が何日も続けてベッドに伏せり、あらゆる布切れに血がしみ込んでいたのを私は憶えている。

もちろん、当時の私はそんなことを気にかけてはいなかった。幸せな子供時代をすごしたとさえ言える。なにしろ、もっと違う子供時代があることなど知らなかったのだから。

私はけっして村へ行かなかった。私たちは墓地の近く、村のいちばんはずれの道の、いちばん端の家に住んでいた。私は庭で、泥にまみれて楽しく遊んでいた。時折、空が快晴となったけれど、私は風、雨、雲が好きだった。雨に濡れると、私の髪が額に、首に、目の上に貼りついた。風がその髪を乾かし、顔を愛撫《あいぶ》してくれた。雲の中に身を隠した怪物たちが、未知の国々について私に話してくれた。

冬は辛《つら》かった。私は雪も好きだったけれど、長く戸外にいることはできなかった。充分に暖かい服を持っていなかったから、外にいるとたちまち寒くなった。特に足が冷たくなった。

幸い、台所は常時暖かかった。母は牛糞、枯れ枝、廃物や屑《くず》を集めて、火をおこした。母は寒いのが嫌いだった。

時折、ある男が寝室から台所へ出てくることがあった。そんなとき、彼は私を長々と見つめた。私の髪を撫でた。私の額にキスした。私の両手を握って自分の両頬に当てた。

私はそれがいやだった。その男が怖くて、私は震えていた。しかし、男を押し退《の》けるだけの勇気はなかった。

その男はしばしばやって来た。けれども彼は農夫ではなかった。

私は農夫たちは怖くなかった。農夫たちのことは大嫌いで、軽蔑していた。彼らはおぞましいだけだった。

その男、しばしば私の髪を撫でたその男に、私は学校でふたたび出会った。

その村には学校は一つしかなかった。小学校教員が、六年生までの全学年の生徒を一クラスに集めて授業をしていた。

入学の日、母が私の体を洗い、私に服を着せ、私の髪をカットした。母自身、できるだけきちんとした服を着た。私に付き添って学校までやって来た。母はまだ二十三歳だった。彼女は美しく、村でいちばん美しい女だった。ところが、私は母のことを恥じていた。

彼女が言った。

「怖がらなくていいのよ。先生はやさしい人だわ。それに、おまえが前から知っている人だから」

私は教室に入った。最前列に着席した。先生の机のすぐ前だった。私は待ち受けていた。私の横の席に、あまり可愛いとはいえない女の子が坐った。蒼白く痩せていて、編んだ髪を顔の両側に下げている子だった。彼女は私をまじまじと見た。そして言った。

「あんた、わたしのお兄ちゃんの服を着てるのね。それに、お兄ちゃんの靴も履いてる。あんた、何ていう名前？　わたしはね、カロリーヌよ」

先生が入ってきた。あの男だった。

カロリーヌが言った。

「わたしのパパよ。それからあっち、後ろには、お兄ちゃんが大きい子たちと一緒にいるの。それから家には弟もいるんだけど、まだ三歳なの。パパはサンドールという名前で、学校でいちばん偉いのよ。あんたのパパは何ていうの？　どんなお仕事をしているの？　お百姓さんだと思うけど。この村にはお百姓しかいないもの、わたしのパパを別にすると——」

私は言った。

「ぼくにはパパはいない。死んだんだ」

「ああ！　残念ねえ。わたしのパパは死なないでほしいわ。でも、戦争が起こってるから、今にたくさんの人が死ぬのよ。とくに男の人が」

私は言った。

「戦争が起こっているなんて知らなかった。でも、おまえ、嘘つきなのかもしれないな」

「わたし、嘘つきじゃないわ。毎日ラジオで戦争のことを話してるわよ」

「ぼくはラジオなんて持ってない。第一、ラジオってどういうものなのかも知らない」

「あんた、本当にまあ、何も知らないのねえ！　名前は何ていうの？」

「トビアス。トビアス・オルヴァ」

彼女は笑った。

「トビアスって、おかしな名前ね。わたしにも、トビアスという名前のおじいちゃんがいるわ。でも、おじいちゃんは年寄りだから……。どうしてもっとふつうの名前をつけてもらわなかったの？」

「知らない。ぼくは、トビアスもふつうの名前だと思ってるよ。カロリーヌだって、たいしていい名前じゃないじゃないか」

「そうなのよね。わたし、自分の名前が好きじゃないの。リーヌって呼んでちょうだい。みんな、わたしのことはそう呼んでるから」

先生が言った。

「さあ、もうおしゃべりはやめなさい」

リーヌはなおも囁《ささや》いた。

「あんた、学年は？」

「一年生さ」

「わたしもよ」

先生が、買い揃《そろ》えるべき本とノートのリストを配った。

子供たちはそれぞれの家に帰った。私はただ一人、教室に残った。先生が訊ねた。

「困ったことでもあるのかい、トビアス？」

「はい。ママは字が読めないし、うちにはお金もないから」

「そのことなら分かってる。心配しないでいい。おまえには、明日の朝までに、必要なものを全部用意しておく。安心して家に帰りなさい。今晩会いに行くよ」

彼がやって来た。母と一緒に寝室に閉じ籠《こ》もった。母を抱くときにドアを閉めるのは彼だけだった。

私は台所で眠りに落ちた。いつものことだった。

翌日、学校へ行くと、私の席には必要なものが全部置かれていた。本、ノート、鉛筆、ペン、消しゴム、紙。

その日、先生が、リーヌと私は並んでいるとおしゃべりをしすぎるから離れなければいけないと言った。彼はリーヌを教室の中央の、女の子たちに囲まれた席に着かせた。するとリーヌは、前日にもましておしゃべりをした。私は、教員用の机のすぐ前の席に一人でいた。

休み時間、〝大きい子たち〟が私にいやがらせをしようとした。彼らが口々に言う。

「トビアス、淫売《いんばい》の子、エステルの子！」

先生が立ちはだかった。先生は大きくて、強い。

「小さい子をつかまえて何を言うか。この子をいじめる者は、このわたしが相手だと思え」

彼らは皆あとずさりした。そして、うなだれた。

休み時間、私に近づいてくるのはリーヌだけだった。彼女は私に、家から持ってきたタルティーヌやビスケットを半分くれた。彼女はこう言ったものだ。

「パパとママがね、あんたにはやさしくしなければいけないって言うの。あんたは貧しいし、あんたにはパパがいないからって」

私は、タルティーヌ、ビスケットをできることなら断りたかった。けれども私はひもじかった。家では、あんなに美味しい食べ物の出たためしがなかった。

私は学校へ通い続けた。たちまちのうちに、読むこと、計算することができるようになった。

先生は相変わらず家にやって来ていた。私に本を貸してくれた。ときには、自分の長男には小さくなってしまった服とか、靴とかを持ってきてくれた。私はそういうお古《ふる》は欲しくなかった。というのは、リーヌがそれと知《し》ることが分かっていたからだったのだが、母が私に、その服や靴を身につけるよう強いた。

「これ以外に、あんたには着るものがないのよ。まさか素っ裸で学校へ行きたいわけじゃないでしょ？」

私は素っ裸で学校へ行きたくはなかった、学校へは全然行きたくなかった。けれども通学は義務だった。もし私が学校へ行かなかったら、憲兵が家へやって来ただろう。母が私にそう言っていた。もし母が私を学校へやらなかったら、母もまた牢屋《ろうや》に入れられてしまうかもしれないのだった。

それで、私は学校へ通った。六年間、通い続けた。

リーヌが私によく言ったものだ。

「わたしのパパは、あんたにとっても親切だわ。お兄ちゃんの服、小さい弟のために取っておいてもいいのよ。でも、パパはそれをあんたにあげる。あんたにはお父さんがいないからって言ってね。ママも賛成してる。なぜかというと、ママもやっぱり、とても親切な人だからよ。ママは、貧乏な人は助けてあげなくちゃいけないって考えてるの」

村は、とっても親切な人だらけだった。農夫たち、また農夫の息子たちが、たびたび家へやって来たが、いつも私たち母子のために何かしら食べるものを持ってきていた。

十二歳の時、私は義務教育の学校を卒業した。成績は最優秀だった。サンドールが母に言った。

「トビアスは上の学校に進むべきだ。あの子は非凡な頭脳に恵まれている」

母はこう返事した。

「あなたもよく知っているように、わたしには、あの子の学費を払えるほどのお金はないわ」

サンドールが言った。

「学費免除の寄宿学校を紹介してやるよ。うちの長男がすでにそこに入学している。生徒たちは賄《まかな》い付きの寮で暮らすことになる。食費を含めてすべて無料なんだ。小遣い銭くらいなら、わたしが渡してやる。あの子は弁護士か、医者になれるかもしれない」

母が言った。

「トビアスが行ってしまったら、わたしは独りになってしまう。あの子が成人したら、きっと家にお金を入れてくれるって思っていたのよ。たとえば農場で働いて……」

サンドールが言った。

「わたしは自分の息子を農夫になんかしたくない。まして、農場の賃金労働者など、おまえみたいな乞食と変わりがない」

母が言った。

「わたしがあの子を捨てなかったのは、自分の老後を考えたからだわ。それなのにあなたは、わたしがもう若いとはいえなくなってきた今、わたしからあの子を取り上げようとするのね」

「おまえがあの子を捨てなかったのは、おまえがわたしを愛しているから、また、あの子を愛しているからだと思っていたよ」

「ええ、わたしはあなたたちを愛していたわ。そして、今でも愛しているわ。でも、わたしにはトビアスが必要なの。あの子なしでは生きられない。今では、あの子をこそ、わたしは愛しているのよ」

　サンドールが言う。

「おまえが本当にあの子を愛しているのなら、ここから消えろ。おまえのような母親と一緒にいては、トビアスは碌《ろく》なものになれない。あの子にとってはこの先ずっと、おまえの存在は負担に、恥辱《ちじょく》になるばかりだ。町へ行け。旅費はわたしが出してやる。おまえはまだ若い。この先まだ二十年くらいは男の目を欺《あざむ》くことができる。あんな虱《しらみ》だらけの貧しい農夫らを相手にしているのに比べたら、町では十倍は稼げるだろう。トビアスのめんどうは、このわたしが見る」

　母親が言う。

「わたしがこの村から出ていかなかったのは、あなたがいたからなのよ。そして、トビアスのためを思ったからなのよ。わたしは、あの子が父親のそばにいられるようにしたかったのよ」

「本当に確かなのか、トビアスがわたしの子だというのは？」

「あなた自身がよく知っていることじゃないの。わたしは処女だったわ。まだ十六歳にしかなっていなかった。あなた、憶えているはずよ」

「わたしが知っているのは、何年も前からおまえが村じゅうの男と寝ていることだ」

彼女が言った。

「それは本当だわ。でも、そうする以外に、生きる手立てがわたしにあったかしら？」

「わたしが援助したじゃないか」

「そうね、古着とか、履き古した靴とか……。でも、食べていかなくちゃならなかったわ」

「わたしはできるだけのことはした。わたしは田舎の村の小学校教員でしかないし、三人の子供を抱えているんだ」

母が訊ねた。

「もうわたしを愛していないの？」

男が答えた。

「おまえを愛したことなんか一度もない。わたしはおまえに惑《まど》わされたんだ。その顔、その目、その口、その体に……。おまえの虜《とりこ》にされてしまっただけだ。だが、トビアスのことは、わたしは愛している。あの子はわたしのものだ。あの子のめんどうはちゃんと見る。ただし、おまえがここにいてはだめだ。おまえとわたしは、もう終わったんだ。わたしは妻と子供たちを愛している。おまえから生まれた子供でも、愛している。が、おまえには、もう我慢がならない。おまえとのことは、ただの若気のあやまちだ。わが人生最大のあやまちだ」

いつもどおり、私は独りで台所にいた。寝室から、私の大嫌いないつもの物音が聞こえてきていた。何がどうあれ、彼らはまだ交わりを続けていた。

私は彼らの声を聴いていた。私は藁布団の上で、毛布の下で震えていた。そして台所全体が、私とともに震動していた。私の手が、私の冷えた腕を、脚を、腹を暖めようとしたけれど、なす術《すべ》がなかった。私は、自分の体の中に閉じ込められた嗚咽《おえつ》に烈《はげ》しく揺さぶられていた。藁布団の上で、毛布の下で、私は突然認識したのだった。サンドールが自分の父親だということ、そして彼が母と私を厄介払いしたがっているということを――。

私の歯がガチガチと鳴っていた。

私は寒かった。

私は感じていた。私の父親だと主張しているあの男、そして今や、自らが私の母を捨てるのと同時に、私にも母を捨てるよう求めているあの男に対する憎しみが、心の底から湧き上がってくるのを。

ひとつの空白が私の内部に忍び込み、居坐ってしまった。私はうんざりした気持ちになっていた。もはやどんな意欲も抱いていなかった。進学する気もなく、毎日やって来て母を抱くあの農夫たちのもとで働く気もなかった。

したいことは一つしかなかった。出ていく、歩いて行く、死ぬ、いずれでもよかった。私は遠ざかりたかった。もう戻ってこないこと、いなくなること、森の中に、雲の中に姿を消すこと、もう想い出さないこと、忘れること、すっかり忘れること。

私は引出しを開けていちばん大きな包丁、肉切り包丁を摑《つか》んだ。寝室に入った。二人は眠っていた。彼が彼女の上に重なっていた。月が二人を照らし出していた。満月だった。巨大な月だった。

私は包丁を男の背中に突き立てた。自分の全体重を上からかけて、包丁が深く突き入って母の体をも貫くようにした。

そのあと、私は出ていった。

トウモロコシ畑や麦畑のただ中を歩いた。森の中を歩いた。太陽が沈む方角を目指して進んだ。私は知っていたのだ。西の方に他の国々があること、私たちの国とは異なる国々があることを。

私は、物乞いをしながら、畑の果物や野菜を盗みながら、村々を通り抜けていった。貨物列車の中に隠れて移動した。トラックの運転手らとともに旅をした。

自分でも気づかぬうちに、私はもうひとつの国に、ある大きな町に到着した。それからも私は、相変わらず盗んだり、乞食をしたりした。生き延びるために必要不可欠なことだった。眠るのは路上でだった。

ある日、警察に捕まった。入れられた所は、男子用の〝青少年の家〟だった。そこには軽犯罪を犯した若者、孤児、私のように故郷を離れた放浪者がいた。

私はもはやトビアス・オルヴァとは名乗っていなかった。父と母の名前を組み合わせて、自分のために新しい名前をでっち上げていた。私はサンドール・レステルと名乗り、戦争孤児と見做《みな》されていた。

当局者は私に、それはもうたくさんの質問をし、もしかしたら生き残っているかもしれない私の親族縁者を見つけ出すために数カ国で調査をした。しかし誰ひとり、サンドール・レステルを捜しているとは申し出てこなかった。

寄宿舎で、私たちはしっかりと食事を与えられ、しっかりと清潔にされ、しっかりと教育された。校長は美しく、上品で、非常に厳格な女性だった。彼女は、私たちが行儀のよい人間になることを望んでいた。

十六歳になると、私は寄宿学校を出て職業を選ぶことができた。もし何らかの職業訓練を選んだら、私は寄宿舎に住み続けなければならなかっただろうが、私はもはや、校長の人となり、寄宿舎生活につきものの時間的拘束、また、数人で同じ寝室を共有することに耐えられなくなっていた。

私は一日も早く自活して、誰にも束縛されない身になりたかった。

私は工場労働者になった。

昨日、病院で、帰宅してふたたび労働に就いてよろしいと言われた。そこで、私は帰宅した。手渡された薬、ピンク、白、青の薬を便器に捨てた。

幸い、昨日は金曜日で、仕事の再開までにまだ二日あった。その余裕を利用して、買い物をし、冷蔵庫に食料品を詰め込んだ。

土曜の夜、ヨランドを訪ねた。そのあと自宅に戻ると、私は何本ものビールを飲み干し、そして、書いた。

私は思う

今では、私にはほとんど希望が残っていない。以前、私は探し求めていた。片時も同じ所にはいなかった。何かを期待していた。何かとは？　それはいっさい分からなかった。けれども私は、人生が現に体験しているもの、つまり無同然のものでしかないなどということは、あり得ないと思っていた。人生は何かであるはずだった。で、私はその何かが起こるのを期待していた。その何かを探し求めていた。

私は今、期待すべきものなど何もないと思う。それで、自分の部屋から外へ出ず、椅子《いす》に腰を下ろしている。何もしないでいる。

外には人生があると思うが、しかしその人生には何も起こらない。私にとっては何も起こらない。

他の人びとにとっては、もしかすると何か起こっているのかもしれない。あり得ることだ。けれども、それはもはや私の関心を惹かない。

私はここにいる。椅子に腰を下ろして、自分の家にいる。少しばかり夢想しているが、本当に夢想しているわけではない。私に何を夢想することができようか？　私はここに坐っている。ただそれだけだ。心地がよいと言うことはできない。私がここにじっとしているのは、自分の充足感のためではない。むしろ正反対だ。

私は、自分がここに坐ってじっとしているのはちっともよいことではない、結局はあとで必然的に立ち上がらねばならないのだ、と思っている。ここに坐って、何時間だか、何日だか、とにかくずっと前からこうしていることに、私は軽い居心地の悪さを覚えている。しかし、立ち上がって何らかのことをしようとする動機が一つも見つからない。自分がしてもいいこと、自分にできるであろうことが、私には思い浮かばない、まるっきり思い浮かばない。

もちろん、私は少し整理整頓をするとか、少し拭き掃除をするとか、してもいいだろう。確かに、それはそうなのだ。私の家の中はかなり汚い、だらしない状態だ。私は少なくとも、立ち上がって窓を開けるべきだろう。この室内は煙草の臭い、食べ物の腐った臭い、籠《こ》もった空気の臭いがする。

この臭いが私には不快でない。というか、少し不快だけれど、立ち上がる気になるほどではない。私はこの臭いに馴れている。この臭いを感じない。私はただ、もし誰かが入ってくるようなことがあれば……と思う。

しかし、その〝誰か〟は存在しない。

誰も入ってこない。

それでもやはり何かをするために、私は新聞を読み始める。しばらく前から、私がそれを買って持ちかえった時からずっとテーブルの上にある新聞だ。それを手に取ることはめんどうだから、もちろんしない。私は新聞をその場に、テーブルの上に置いたままにして、遠くから読むが、何ひとつ頭に入らない。そこで、努力するのをやめる。いずれにせよ、私は知っている。その新聞の別の頁《ページ》では、ひとりの若い男、といっても若すぎない、ちょうど私くらいの年格好の男が、埋め込み式の丸い浴槽の中で同じ新聞を読んでいる。彼は告知欄を、株式市場相場を、とてもリラックスして眺め、高級な銘柄のウイスキーを手の届く所、浴槽の縁に置いている。彼はいかにも美しくて、生き生きとしていて、頭脳明敏で、何にでも通じている様子だ。

そのイメージのことを考えると、私は立ち上がらざるを得ない。で、埋め込み式でなく、台所の壁に芸もなく吊り下げられているだけの我が洗面台のところへ行って嘔《おう》吐《と》する。すると、私の口から吐き出されるすべてのものが、そのいまいましい洗面台を詰まらせる。

その汚物を見て、私はひどく驚いている。分量が、この二十四時間の間に食べることのできたものの二倍もあるように思える。そのおぞましいものをじっと眺めていて、私は新たな吐き気に襲われる。慌てて台所から飛び出す。

私は忘れるために外の通りに出る。皆がしているように散歩する。だが、街には何もありはしない。ただ人びとがいて、商店が並んでいる、それだけだ。

詰まってしまった洗面台のせいで、私は家に帰りたいという気がしない。私は歩きたくもない。というわけで、歩道に立ち止まり、デパートに背を向けて、人びとが出たり入ったりするのを眺め、そして思う。出てくる人びとは中にとどまっていればいいし、入っていく人びとは外にとどまっていればいい、そうすれば疲労も運動も相当節約できるだろうに。

これは彼らに与えるべきよき忠告だと思うけれど、彼らは私の言うことに耳を傾《かたむ》けはしまい。したがって私は何も言わない。動かない。ここ、入口にいると寒くない。常に開け放たれているドアを通して店の中から出てくる暖かさに恵まれる。こうして私は、先程、自分の部屋で椅子に腰かけていた時とほとんど同じくらい楽な気分になる。

今日、私は愚かな生活のプロセスを再開する。朝五時に起きる。顔を洗う。髭を剃る。コーヒーを淹れる。出かける。中央広場まで走る。バスに乗る。目を閉じる。すると、現在の私の生活のおぞましさが顔面に跳びかかってくる。

バスは計五回停まる。町の出口のところで一回、そして、私たちが通り抜けていく村々で一回ずつ。四つ目の村が、私が十年前から勤務している工場のある村だ。

時計工場。

あたかも眠っているかのように、私は顔を両手の中に埋《うず》める。実は涙を隠すためにそうしているのだ。私は泣いている。もう灰色の作業着は着たくない、もうタイムカードは押したくない、もう機械を作動させたくない。私はもう働きたくない。

私は灰色の作業着に腕を通す。タイムカードを押す、作業場に入る。

たくさんの機械が作動している。私の受け持ちの機械も作動している。私はその前に腰を下ろし、部品を取り、機械にかけ、ペダルを踏むしかない。

時計工場は、なだらかな谷間を見下ろす巨大な建物だ。その工場で働いている者はほとんど全員同じ村に住んでいて、例外的にほんの数人が、私のように、町から通勤している。私たちは大した人数ではない。バスの中は閑散としている。

その工場が生産しているのは、いくつかの部品、他の大きな工場で仕上げるための粗作りだ。私たち工員のうちの誰ひとりとして、一個の完成した時計を組み立てることはできまい。

私は何をしているかというと、受け持ちの機械で、あるきまった部品に一個の穴を空《あ》ける。十年前からずっと、同じ部品に同じ穴を空けている。私たちの仕事は結局次のことに尽きる。一個の部品を機械にかけること、ペダルを踏むこと。

この仕事で、私たちはなんとか食いつなぎ、どこかに住み、そして何よりも、翌日また同じ仕事を繰り返すのにやっと足りるだけのお金を稼ぐ。

外が明るかろうと、暗かろうと、広大な作業場には蛍光灯が常時灯《とも》っている。静かな音楽がスピーカーから流されている。経営者や工場長が、音楽を流しておいたほうが労働者が能率よく作業すると考えているのだ。

ひとり特別なおやじがいて、その男も労働者なのだが、小さな袋に入った白い粉末、村の薬剤師が私たち用に調剤した鎮静剤を売っている。私はそれが何であるのか知らない。が、ときどき買っている。その粉末を飲んでおくと、一日が早く過ぎる。自分をみじめに感じる度合いが小さくて済む。粉末は値段が高くないから、ほとんどの労働者が服用しており、経営陣はそれを大目に見ていて、村の薬剤師は大儲けしている。

時折、はっとするようなことが突発する。ひとりの女が立ち上がる。烈《はげ》しい声を上げる。

「あたし、もう駄目!」

彼女は連れて行かれ、仕事は続行し、私たちは聞かされる。

「大したことじゃない、神経の発作《ほっさ》だ」

作業場では、各人、受け持ちの機械と独りで向かい合っている。言葉を交わし合うことはできない。トイレに入ったときだけは別だが、そうはいっても、あまり長くは話せない。私たちが持ち場を離れている時間は計測され、査定の対象となり、記録される。

夕方工場を出ると、残りの時間は、多少の買い出しをし、食事をするだけで過ぎてしまう。非常に早い時刻にベッドに入って、翌朝起きられるようにしなければならない。ときどき私は、労働するために生きているのか、それとも労働のおかげで生きているのか、分からなくなる。

それに、この人生は何なのか？

単調な仕事。

情けなくなるほどの薄給《はっきゅう》。

孤独。

ヨランド。

ヨランドのようなタイプはこの世に無数にいる。

美しくて、金髪で、多かれ少なかれ愚かな女たち。

そのうちの一人を選び、付き合う。

しかし、ヨランドのようなタイプは孤独を埋めてはくれない。

ヨランドのようなタイプは工場で働くことを好まない。彼女たちはむしろ商店で働く。商店では、工場よりもなお賃金が安い。けれども、工場勤務に比べたら身ぎれいにしていられるし、将来の夫も見つけやすい。

工場で働いているのは、主に、子供もいる家庭の主婦だ。彼女たちは十一時になるとそそくさと帰宅して昼食の用意をする。工場はそれを許している。どのみち、彼女たちの給料は歩合給なのである。午後一時には、彼女たちは私たち皆と同じように作業場に戻ってくる。子供たちと夫が食事を済ませたのだ。彼らがすでに学校へ、あるいは工場へ戻っていったのだ。

家族全員が社員食堂で食べられれば、事はもっと簡単だろう。しかし、一家族にとってそれは高くつきすぎる。私の場合は、社員食堂で食べることができる。私は定食をとる。それがいちばん安いのだ。あまり旨《うま》くはないが、気にしない。

食後私は、家から持ってきた本を読むか、もしくはチェスをする。独りきりでする。他の工員たちはトランプをする。彼らはこちらに目を向けない。

十年の歳月が過ぎたが、彼らにとって私は未《いま》だに外国人なのだ。

昨日、私の郵便受けに一通の通知状が入っていた。私は郵便局へ行って書留書簡を受け取らねばならない。通知状には、「市庁／軽罪裁判所」と記載されている。

私は怖くなった。逃げ出したくなった、遠くへ、さらに遠くへ、海の向こうへ。こんなにも長い年月ののちに私の殺人歴が発覚するなどということがあり得るだろうか。

郵便局へ行って書留書簡を受け取る。封を切る。私は、私の故国《くに》からの亡命者が被告となっている裁判における通訳として呼び出されている。私の出費は払い戻されるし、工場への欠勤は正当に理由づけられるという。

指定の時刻に、私は裁判所に出頭した。目の前に現れた女性は非常に美しい。あまりに美しいので、私は彼女をリーヌと呼びたくなる。けれども彼女は厳《いか》めしすぎる。近づきがたく思える。

彼女が私に問う。

「通訳として、裁判でのやり取りを口頭翻訳していただきたいのですが、あなたは今でも、そういうことが充分できるくらいに母語を話せますか」

私が彼女に言う。

「母語はいっさい忘れていません」

彼女が言う。

「宣誓をして、聞いた言葉を残りなく忠実に翻訳することを誓ってください」

「誓います」

彼女の指示にしたがって、私は一枚の書類に署名する。

私が彼女に訊ねる。

「一杯飲みに行かない？」

彼女は言う。

「いいえ、わたし、疲れてるの。家《うち》へいらして。わたしの名前はエヴよ」

私たちは彼女の車に乗る。彼女はスピードを上げて運転する。一戸建ての家の前で停車する。私たちはモダンなキッチンに入る。彼女の家では何もかもがモダンだ。彼女がグラスに酒を注ぎ、私たちは客間の大きなソファに腰を下ろす。

彼女がグラスを置き、私と口づけをする。ゆっくりと服を脱ぐ。

彼女は美しい。私がこれまでに出会ったどの女性よりも美しい。

しかし、彼女はリーヌではない。けっしてリーヌにはなり得ない。誰もけっしてリーヌにはなり得ない。


何人もの同国人仲間がイヴァンの裁判を傍聴《ぼうちょう》しに来ている。イヴァンの妻もまた、そこにいる。

イヴァンは昨年十一月にこの町にやって来た。彼は二部屋だけの小さなアパルトマンを見つけ、そこに彼と、彼の妻と、三人の子供がひしめき合って暮らしていた。

妻は、その建物のオーナーである保険会社に掃除婦として雇われた。彼女は毎晩いくつものオフィスを清掃していた。

数カ月ののち、今度はイヴァンが職を見つけたが、ただし職場は他の町だった。その町で大きなレストランの店員になった彼の仕事ぶりに、周囲はみな満足していた。ただ、こういうことがあった。一週間に一度、彼は家族に小包を送っていたのだ。レストランの貯蔵庫から盗んだ食料の小包だった。彼はレジの金に手をつけたことも告発されていたが、その点に関しては、彼は罪状を否認していたし、客観的に証拠立てられてもいなかった。

ところがその日、裁判で問題になったのは、そのような小さな盗みだけではなかった。イヴァンのケースはもっともっと重大なのだ。われわれの町の刑務所に拘置《こうち》された彼は、ある日看守を殴り倒し、脱走し、自宅まで走って帰った。妻は仕事に行っていて、子供たちは眠っていた。イヴァンは妻とともに逃げるために彼女を待った。が、彼の妻より先に、警官たちが現れたのだった。

「看守に危害を加えた罪により、被告を懲役八年に処す」

私は翻訳した。イヴァンが私を見つめた。

「八年だって？　あんた、聞き違えたんじゃないのかい？　看守は死んじゃいない。おれは殺そうとなんかしなかった。やつはぴんぴんして、ほら、そこにいるじゃないか」

「わたしは翻訳しているだけだ」

「それじゃ、おれの家族は、八年もの間におれの家族はどうなるんだ？　子供たちは？　子供たちはどうなる？」

私は言う。

「成長するさ」

係官らが彼を連行していく。彼の妻が気を失う。

裁判終了後、私は同国人たちと連れ立って、彼らがこの町にやって来てから通いつけている居酒屋へ行く。その店は町の中心部の、私の住まいからそう離れていない所にある騒々しい大衆居酒屋だ。私たちはビールを飲みながら、イヴァンのことを話す。

「脱走しようとするなんて、あいつはなんてバカなんだ！」

「あんなことしなけりゃ、何カ月か喰らうだけで済んだろうに」

「強制送還ということになったかもしれないな」

「そのほうが刑務所よりはましだったろうよ」

誰かが言う。

「おれのアパルトマンはイヴァンの家族のアパルトマンの真上なんだ。あの一家が引っ越してきて以来のことなんだが、イヴァンの女房が毎晩、仕事から帰ってきては泣くのが聞こえる。何時間も泣き続けている。故国《くに》の村に、彼女は自分の両親や、隣人や、友達を残してきたんだ。おれが思うに、こうなった以上、彼女は故国《くに》へ帰るだろうな。この土地で、子供を抱えて、たった一人でイヴァンを八年間も待ちはしまい」のちに私は、イヴァンの妻が実際に、子供を連れて故国《くに》へ帰っていったことを知った。私はときどき、刑務所にいるイヴァンに会いに行かなくてはと思うが、結局一度も会いに行かない。

私はだんだん足しげく居酒屋へ通うようになる。ほとんど毎晩通っている。同国人たちと知り合いになる。私たちは長いテーブルを囲んで腰かける。私たちの国の出身の娘が酒を運んでくれる。彼女はヴェラという名前で、午後二時から深夜〇時までウェイトレスをしている。彼女の姉のカティと義兄のポールは常連客だ。カティは町の病院で働いている。そこには託児所《たくじしょ》があって、カティはそこに、生まれてまだ数ヵ月の女の子を預けることができる。ポールは車の修理工場で働いている。バイクが好きでたまらない男だ。

私はジャンとも知り合いになる。ジャンはおよそ資格というものを持っていない農業労働者で、私のあとについてどこへでも来る。彼はまだ仕事を見つけていず、私が思うには、永久に見つけることができないだろう。彼は体が汚れているし、服装もみっともない。そして、未《いま》だに難民センターに住んでいる。

ポールと私は親しくなった。私はしばしば彼の家で夕べをすごす。彼の妻が仕事を終えて帰ってきた。彼女はまだ食事の用意をし、洗濯をし、赤ん坊の世話をしなくてはならない。

ポールが言う。

「眠くてたまらん。だけど、ヴェラを迎えに行かなくちゃならないから十二時までは頑張る」

彼の妻が言う。

「あの子は独りで帰ってこれるわ。ここは小さな町だもの。危ないことなんてちっともないわよ」

私が彼らに言う。

「きみたちはもう寝ればいい。ヴェラは、ぼくが迎えに行くから」

私は居酒屋へ引き返す。ヴェラが店の主人と売上げを勘定している。彼女が、入口に立っている私に気がつく。私に微笑みかける。

私が言う。

「ポールが疲れてるんだ。今夜は、ぼくがきみを送っていくよ」

彼女が言う。

「親切なのね。でもわたし、独りで帰れるのよ。それなのに、ポールったら、わたしに何かあったら自分の責任だっていうの」

「きみは何歳《いくつ》なの？」

「十八よ」

「それじゃ確かに、まだほとんど子供みたいなもんだ」

「子供だなんて、言い過ぎよ」

私たちは通りに出る。真夜中を過ぎている。街は人けなく、静まり返っている。ヴェラが私の腕を取る。私に体を寄せる。家の前で、彼女が私に言う。

「キスして」

私は彼女の額に接吻《せっぷん》する。そしてすぐ立ち去る。

また別の夜、彼女を迎えに行く。彼女は私を見て、テーブルの向こうの端の席にまだ坐ったままでいる青年を指さす。最後の客らしい。

「わたしなら、待ってくれなくていいわ。アンドレが送ってくれるから」

「われわれの国の人間かい？」

「いいえ、この国の人よ」

「それじゃ、言葉も通じないわけだ」

「だから、どうなの？　話す必要なんてないのよ。彼はちゃんとキスしてくれるわ」

私はポールに、ヴェラを独りにしないと約束していた。そこで、私は彼らのあとをつけて家まで行く。玄関の前で、彼らは長々とキスをする。

私はポールにこのことを話さなくてはと思うが、実際には何も話さない。彼にはただ、自分はもうヴェラを迎えに行けない、自分も仕事のために早くベッドに入らなければならないから、とだけ言う。

というわけで、毎晩居酒屋へ向かうのはポールということになり、ポールが来る以上、もうアンドレがヴェラのそばにいるわけにはいかない。

ある日曜の午後、ポールの家で、私たちはバカンスの話をしている。ポールは幸せな気分だ。節約して貯めたお金で、彼は中古のバイクを買った。カティと彼は地域を一周り《ひとまわ》する旅に出かけるつもりでいる。赤ん坊は病院の託児所に預けていくことになるだろう。

私が訊ねる。

「それならヴェラは？　二週間、ヴェラは独りでどうするんだい？」

ヴェラが言う。

「わたしにはバカンスがないの。ふだんどおり働くだけよ。で、あなたは、サンドール、あなたはどうするつもりなの？」

「一週間は、ヨランドとどこかへ行く。海辺でキャンプでもするつもりさ。二週目になればきみに付き合えるよ」

「それはまあご親切にどうも……」

ポールが割って入る。

「心配しなくていいよ、サンドール。ヴェラが夜道を帰ってくるときの付き添いはジャンに頼んでおいた。あいつはどのみち、することがなくて困ってるんだから。やつには飲食代として少し金を渡すつもりさ」

ヴェラが泣き出す。

「お礼を言うわよ、ポール。わたしにはあの体の臭《くさ》い田舎者が似合いとでも思ってるのね」

ヴェラは台所から飛び出していく。彼女が自分の部屋ですすり泣いている声が聞こえる。私たちは黙り込む。互いに目を合わせるのを避ける。

帰宅する道々、私は、ヴェラと結婚してもいいなと思う。歳はそんなに離れているわけじゃない。十歳と違わないのだ。しかし、まず私がヨランドを厄介払いする必要がある。決心して彼女と別れる必要がある。今度のバカンスの間に別れよう。それにそうすれば、去年同様に退屈で不快なものとなるにちがいない、海辺でのあのいまわしいキャンプを短く切り上げることができる。昼夜を問わず、一週間ずっとヨランドと一緒にいるなんて真っ平だ！　その上、あの蒸し暑さ、蚊、キャンプ場の群衆……。

予期したとおり、一週間は長い。ヨランドは日がな一日、タオルの上に寝そべって日光浴をしている。というのも彼女は、日焼けして町へ帰ること、そして日焼けした肌が目立つように明るい色のドレスを着ること、それしか頭にないのだ。私はというと、日中はテントに入って本を読んですごし、夜になると海辺を歩く。自分がテントに帰り着く時にはヨランドはすでに眠り込んでいるにちがいないと思えるまで、できるだけ長い時間歩く。

別れる、別れないは問題にならない。なにしろ、私たちはほとんど言葉を交わさないのだから。

いずれにせよ私は、ヴェラと結婚しようという考えを断ち切った。いつ何どき現れるかもしれないリーヌのためだ。

私たちはある日曜の夜、バカンスを終えて町に帰った。ヨランドは月曜から仕事に戻る。私は彼女に手を貸して、彼女の小さな車に詰めた荷物を降ろし、テントとマットレスを屋根裏部屋に片づける。ヨランドは満足している。見事に日焼けしたのだ。彼女のバカンスは成功だった。

「じゃあまた、土曜の夜」

私は居酒屋へ行く。一刻も早くヴェラに会おうとしている。私はテーブルに着く。ボーイが注文を取りにくる。私は彼に訊ねる。

「ヴェラはいないのかい？」

ボーイは肩をすくめる。

「あの子は五日前から出て来ないんですよ」

「病気なのか？」

「わたしは何も知りません」

私は居酒屋を出る。ポールの家まで走る。彼らが住んでいるのは三階だ。階段を駆け上がる。ベルを鳴らす。入口のドアを叩く。近所の女性が音を聞きつける。その女性が自分のアパルトマンのドアを開けて、私に言う。

「誰もいないわよ。そこの人たちはバカンスに出ちゃってるから」

「娘さんもですか？」

「あのね、そこには誰もいないって言ってるのよ」

私は居酒屋へ引き返す。ジャンの姿が目に飛び込む。独りでテーブルを前にしている。私は彼の肩を揺すぶる。

「ヴェラはどこだ？」

彼は身を退《しりぞ》ける。

「何をそんなに苛立《いらだ》ってるんだ？　ヴェラは旅行に出たのさ。おれは最初の二日間、あの子の帰り道の付き添いをした。だけど、そのあとヴェラがおれに言ったんだ。友達とバカンスに出るからもう迎えに来ることはないって」

私は即座にアンドレのことを頭に浮かべる。

私は同時に思う。ヴェラがポールよりも先に帰って来さえすれば、そして仕事に復帰させてもらえさえすれば！

その後の数日、私は何回も居酒屋を覗《のぞ》き、何回もポールの家の前まで行った。が、何が起こったのかを私が知ったのは後日だった。

ポールとカティは次の土曜に帰ってきた。ヴェラは不在で、彼女の部屋のドアには鍵が掛かっていた。アパルトマンの中に奇妙な臭いが漂っていた。カティは窓を開け放った。そして、託児所へ赤ん坊を受け取りに行った。ポールが私の家に来た。私たちは居酒屋へ行き、そこにジャンを見つけた。私たち三人が話をした。私はアンドレのことを話した。ポールは激怒していた。彼が帰宅してみると、奇妙な臭いが相変わらず消えていない。そこで、彼はヴェラの部屋のドアを突き破った。ヴェラの体が、すでに腐りはじめた状態で、ベッドに横たわっていた。

解剖の結果判明したのは、ヴェラが睡眠薬を大量に呑んだことだった。

私たちのうちの最初の死者。

その後ほどなく、他の死者たちが続いた。

ロベールは浴槽の中で静脈を切った。

アルベールは首を吊った。部屋のテーブルの上に、私たちの国の言語《ことば》で書かれた言葉が残されていた。「おまえらなんか、糞喰らえ」

マグダはジャガイモとニンジンの皮を剝《む》き、それから床に腰を下ろした。彼女はガスの栓《せん》を開いた。次に、自分の頭をオーブンの中に入れた。

居酒屋で四回目のカンパをやったとき、ボーイが私に言った。

「あんたがた外国人ときたら、年がら年中花輪のための金集めをやってる。年がら年中葬式をやってる」

私は彼に返事する。

「わたしらなりに楽しんでるのさ」

夜、私は書く。

死んだ鳥

頭の中で一本の石ころだらけの路《みち》を辿《たど》っていくと、私は死んだ鳥に出会う。

「埋葬してほしい」と、その鳥が私に言う。鳥の打ち砕かれた肢《あし》の角のところに、叱責が蛆虫《うじむし》のように蠢《うごめ》いている。

私に土がなくては。

黒々とした重い土が。

シャベルが。

私には眼しかない。

青緑色の水に浸っている、ヴェールで覆われたような悲しげな眼。

私はこの眼を、蚤《のみ》の市で、値打ちのない外国の硬貨数枚と取り替えて手に入れた。

他のものは何も貰えなかった。

私はこの眼を大切に手入れしている。磨いている。膝の上に置いたハンカチに包んで乾かしている。紛失しないように、慎重に。

ときどき、私は鳥の羽から羽毛を一本引き抜き、私の唯一の財産であるその眼に、赤紫色の血管を描く。眼をすっかり黒く塗りつぶしてしまうこともある。すると、空がかき曇り、雨が降り出す。

死んだ鳥は雨を好まない。雨が降ると、水浸しになるし、腐るし、不快な臭いを発する。

その場合、臭いに辟易《へきえき》して、私は少し離れた所に腰を下ろす。

ときどき、私は約束をする。

「土を探しに行くつもりだよ」

しかし私は、自分の言っていることをさほど信じていない。鳥もまた、私の言っていることを真《ま》に受けない。鳥は私のことをよく知っている。

それにまた、鳥はどうしてここで、小石しかないこの場所で死んだのか？

勢いよく燃え上がる火でも、土の代わりになるだろう。

あるいは、大きな赤蟻《あかあり》の群れでも。

ただ、すべてがあまりに高価なのだ。

マッチ箱一個を買うために何ヵ月も働かなければならないし、蟻は中国料理店で破格の値段だ。

私が受け取った遺産は、もはやほとんど残っていない。

自分に残っているお金の少なさを思うと、不安で胸が締めつけられる。

当初私は、初めは誰もがそうするのだが、金を惜しむことなしに支出していた。だが今では、私は自制しなければならない。

今後は、どうしても必要なもの以外はいっさい買わないつもりだ。

したがって土、シャベル、蟻、マッチを買うことは考えられない。

第一、よく考えてみれば、一羽の見知らぬ鳥の葬儀を、私が自分のことのように感じなければならぬ理由などないのではないか。

私はもう非常に稀《まれ》にしかポールの家《うち》へ行かない。私たちはあまりに悲しくて、互いに何を言っていいのか分からないでいるのだ。私たちは三人とも、ヴェラを残してバカンスに発《た》ったことを罪に感じている。特に私は、あとの二人以上にそう感じている。私がヨランドの日焼けの進行を見守っていた時、ヴェラは自殺の方へ傾いていっていたのだ。もしかすると、彼女は私に恋していたのかもしれない。

カティは、妹が死んだことを母親に手紙で知らせる勇気を見出せないでいる。母親はヴェラ宛ての手紙を書き続けていて、その何通もの手紙は「受取人死亡につき……」という記載とともに彼女に返送されている。ヴェラの母親は、その外国語の記載が何を意味するのか測《はか》りかねている。

例の居酒屋へも、私はもはや足しげくは行かない。そこへ顔を出す同国人の数は減る一方だ。生き延びた者たちは故国《くに》へ引き返した。若い独身者たちはもっと遠くへ発っていった。広大な海を渡っていった。この国に適応し、この土地のパートナーと結婚した者たちもいる。彼らは自宅で夜をすごしている。

居酒屋で私が会うのは、せいぜいジャンくらいのものだ。彼は相変わらず難民センターに住んでいて、そのセンターで、世界中からやって来た他の外国人たちと知り合いになっている。

時折ジャンは、私の家の階段のところで私を待つ。

「腹が空《す》いてるんだ」

「センターで食べなかったのか？」

「食べたよ。穀物粥《がゆ》みたいなやつが六時に出た。だけど、今また腹が空いてるんだ」

「おまえ、相変わらず職がないのか？」

「ない、全然ない」

「まあ入れ。椅子に坐れ」

私は、テーブルに掛けたオイルクロスの上に二枚の皿を置く。フライパンでベーコンを炒め、卵を加える。ジャンが訊ねる。

「ジャガイモはないのかい？」

「ない、ジャガイモはない」

「ジャガイモなしじゃ、あんまり旨《うま》くない。少なくともパンはあるか？」

「ない、パンもない。買い出しする時間がなかったんだ。分かるだろ、おれは働いてるんだ。おまえとは違う」

ジャンは食べる。

「よかったら、おまえが仕事に行ってる間に、おれが買い出しをするよ」

「そんな必要はない。おれは独りで何とかしている。もう何年も前からのことだ」

ジャンが喰い下がる。

「おれ、このアパルトマンの壁の塗り直しだってできるよ。おれはペンキ屋じゃないけど、壁塗りなら何回もやったことがあるんだ」

「壁を塗り直す必要はない。このままで結構だ」

「いや、この住まいは汚《きたな》すぎる。この台所の壁の黒くなってるのを見ろ。便所を、風呂場を見てみろ。他人《ひと》に見せられるありさまじゃないぞ」

私は自分のまわりを眺める。

「おまえの言うとおりだ。他人《ひと》に見せられるありさまじゃない。それはそうだが、おれには金がない」

「おれなら、金なんか全然くれなくてもやってやるよ。ただ食べていくために。とにかく働くために。おれも自分のことを役立たずだと思いたくないから。おまえはペンキ代を払ってくれて、これまでと同じようにおれにちょっと喰わせてくれればそれでいいんだ」

「おまえを不当に利用するのはいやだ」

「どのみち、おれは暇だ。街をぶらぶらしたり、センターでぐずぐずしたりしてるだけさ。ところが、おまえの家の中はどこもかしこも汚い」

それは本当だ。私の家の中はどこもかしこも汚い。私はそのことを考えてみたこともなかった。このアパルトマンは、十年前に私が入居した時のまま放ったらかしになっている。当時すでに、あまり清潔《きれい》とはいえない状態だった。

そこで、私はジャンに台所から始めてくれと言う。

私は思う。リーヌがやって来る時には、すべてが清潔になっていると――。台所も、風呂場も、トイレも。

部屋はきちんとしている。四方の壁が本棚で覆われている寝室があり、そこには私たち二人のための大きなベッドが置かれている。他に、現在私が納戸《なんど》として使っている小さな寝室もあり、その部屋は将来、机とタイプライターと用紙の束を備えつければ私の書斎になる。

タイプライターと、タイプ用紙の束と、タイプライター用のリボンの購入を考える必要がある。

今のところ、私は鉛筆で、学童用のノートに書いている。

ジャンは迅速《じんそく》かつ丁寧に仕事をする。私のアパルトマンは、私自身見違えるほどになった。リーヌが今やって来ても大丈夫だ。私は恥ずかしい思いをしないだろう。

私は風呂場用に、また台所用に、新しいタオルを買う。それを引出しにしまう。

自分にできるかぎりの支払いをしてジャンに報《むく》いる。彼は私にもまして、自分のした仕事に大満足している。彼としては、二つの寝室の壁の塗り直しもしたいらしいけれど、それはどうしても必要なことではない。

ジャンは幸せな気分でいる。

「おれ、女房に送金できたのは今度が初めてなんだ。おまえが金を払ってくれたから」

「気の毒だな、ジャン。額が少なくて」

「故国《くに》では、同じ金がここの十倍の値打ちになる。おかげで女房は、秋に備えて子供たちに靴と服を買ってやれた。学校へ行く子供たちにはきちんとした身なりをさせてやらないとな」

私が問う。

「……で、これから、どうするつもりだ？　全然仕事がない状態で」

「どうしたらいいのか分からんよ、サンドール」

「故国《くに》の家へ帰れ。そうしたほうがいいぞ」

「それはできない。のこのこ帰ったんじゃ、村じゅうの笑い者になっちまう。おれは皆に一財産作ってくると約束したんだ。なあ、おれ、おまえに助けてもらえないかと思うんだ。客を見つけてくれないか。おまえはかなり顔が広いし……。見たろう、おれは壁塗りができる。他のことだってできるよ。たとえば、庭の世話をしてもいい。菜園でも、観て楽しむための庭でも、どっちでもやる。ほんのちょっとの金が貰えればいいんだ。ちょっと食べ物が貰えれば。センターに無料で宿泊し続けていれば、おれは稼いだ金を全部女房に送ってやれる」

私はジャンのために臨時の仕事をいくつか見つけてやるが、彼につきまとわれるようになる。彼がほとんど毎晩私の家へやって来る。彼のせいで書くことができない。

彼のせいで眠ることができない。彼は私に、女房からの、子供たちからの手紙を読んで聞かせる。彼は私にホームシックを、家族と離れて暮らさなければならない憂《う》さを語る。

ジャンはほとんど四六時中泣いている。彼を慰めるものといったら、ベーコンとジャガイモしかない。腹がいっぱいになると、彼は難民センターへ、二段ベッドが並ぶ共同の大寝室へ帰って眠る。そこでの寝起きに彼はすでに馴れ親しんでいて、いちばんの古顔として、おのずから難民のリーダー格にもなっている。長居の末に彼が帰っていくと、私は書き始める。

彼ら

雨が降っている。冷たい霧雨《きりさめ》だ。そんな雨が家々の上に、木々の上に、墓の上に降っている。彼らが私に会いに来る時、雨が彼らの腐敗した、液化した顔の上を流れる。彼らが私を見つめる。と、寒さが一段と厳しくなるが、私の家の白い壁はもはや私を護《まも》ってはくれない。いや、護ってくれたためしなどないのだ。壁の堅固さは幻想にすぎず、その白さは汚《けが》されている。

昨日、私はこれといった理由もなしに、予期せぬ幸福の瞬間を得た。その瞬間は雨と霧を通して私に訪れた。その瞬間は微笑み、木々の上に漂い、私の前で舞い、私を取り囲んでいた。

私はそれが何であるのかを悟った。

それは、子供と私が一つのものであった遙か彼方の時代の幸福だった。私はその子供だった。私はまだ六歳にしかなっていず、夕暮れからしばらく経《た》った時刻、庭で月を見ながら夢想していた。

今では、私は疲れている。私をこうして疲れさせるのは、夜半にやって来る者たちだ。今夜、彼らは何人だろう？　たった一人だろうか？　グループだろうか？

彼らにせめて顔があればいいのだが。しかし、彼らは皆ぼんやりとしていて、輪郭が曖昧《あいまい》だ。彼らが入ってくる。立ったまま、私を見つめている。そして言う。

「なぜおまえは泣くのか？　想い出せ」

「何を？」

彼らは笑い出す。

しばらくして、私は言う。

「覚悟ができたよ」

私が自分のシャツの胸のところを開ける。と、彼らは悲しげな、蒼白い両手を挙げる。

「想い出せ」

「もう憶えていない」

悲しげな、蒼白い両手が挙げられ、ふたたび下ろされる。誰かが、白い壁の後ろで泣いている。

「想い出せ」

薄い灰色の霧が家々の上に、人生の上に漂っていた。ひとりの子供が中庭に坐って、月を見ていた。

その子は六歳だった。私はその子を愛していた。

「きみを愛している」と、私がその子に言った。

すると、子供は険しい目つきで私をじろりと見た。

「少年よ、わたしは遠くから来た。教えてくれないか、なぜきみは月を見ているのだ？」

「月なんかじゃない」と、子供は苛立って答えた。「月なんかじゃなくて、ぼくが見ているのは未来さ」

「わたしはね、その未来からやって来たんだ」私は穏やかな口調で子供に言った。

「未来には泥だらけの枯れ野しかないのだよ」

「嘘だ、嘘にきまってる」子供は叫んだ。「あそこにはお金が、光が、愛がある。花のいっぱい咲いている庭がある」

「わたしはね、その場所からやって来たんだ」私は穏やかに繰り返した。「あそこには泥だらけの枯れ野しかないのだよ」

子供は私が誰なのかを悟り、泣き出した。

それがその子の最後の熱い涙だった。その子の上にもまた、雨が降り始めた。月が消えた。闇と静けさが私のところへ来て、私に言った。

「おまえはあの子をどうしたのか？」

私は疲れている。昨晩、ビールを飲みながら、私はまた書いた。いくつもの文が頭の中でぐるぐる回っている。私は思う。書く行為によって自分は破壊されてしまうだろうと――。

いつものように、私はバスに乗る。目を閉じる。バスが最初の村に着く。新聞配達の老女がバスに近づいてきて、朝刊の束を受け取る。彼女はその新聞を、午前七時までに村の全住民に届けなければならない。

ひとりの若い女が、子供を抱いて、バスに乗り込んでくる。

私が工場で働き始めて以来、このバス停で人が乗ってきたことはなかった。

今日、ひとりの女がバスに乗ってきた。その女の名前はリーヌだ。

私の夢に現れたリーヌではない、私が待っていたリーヌではない、そうではなくて本当のリーヌ、かつて私の子供時代に毒を注ぎ込んだあの始末に負えない小娘のリーヌだ。自分の兄の服や靴を私が身に着けているのを目敏《めざと》く見つけ、そのことをクラスの皆に言い触らしたリーヌ。食べるようにといって、私にパンやビスケットをくれもしたリーヌ。そのパンやビスケットを、私はできることなら拒絶したかった。けれども私は、休み時間、あまりにもひもじかった。

リーヌはよく、貧しい人たちは助けてあげなければいけないと言っていた。両親からそう言い聞かされていたのだ。そして、ほかでもないこの私が、リーヌが自分のために選んだ〝貧しい人〟なのだった。

リーヌをもっとよく見るために、私はバスの中程まで進む。彼女と会わなくなって十五年になる。彼女はさほど変わっていない。相変わらず蒼白くて痩せている。髪の色が昔よりも少し濃くなっていて、その髪は、ゴムでうなじの辺りにまとめられている。リーヌの顔には化粧っけがなく、着ている服は特にエレガントでも、流行のものでもない。いや、確かに、リーヌには何ひとつ、いわゆる美人らしいところはない。

彼女は窓の外の中空を眺めている。それから、彼女の眼差しはいっとき私の上にめぐって来るが、すぐにまた逸《そ》れてしまう。

彼女はきっと、私が彼女の父親、私の父親、私たちの父親を、おそらくは私の母親をも殺したことを知っている。リーヌに私だということを見抜かれてはならない。彼女は私を殺人犯として告発しかねない。あれから十五年が過ぎた。たぶん時効になっているだろう。第一、彼女が何を知っているというのか。私たちの父親が同一人物であるということすら、彼女は知らないのではないか？　私たちの父親が同一人物であったということすら知らないのではないか？　果してあの男は死んだのか？

包丁の刃は長かったが、突き立てられてから、男の体の中で大きな抵抗に出会った。私は渾身《こんしん》の力を込めて押し込んだが、しかし私は当時まだ十二歳で、栄養が足りず、虚弱で、体重などないも同然だった。私は体の構造についての知識を持ち合わせていなかった。だから、命にかかわる器官はまったく傷つけなかったということも充分考えられる。

工場の前に到着して、私たちはバスを降りる。

ソーシャル・ワーカーの女性がリーヌを待っていた。リーヌに付き添って託児所へ向かう。

私は作業場に入る。受け持ちの機械を作動させる。と、その機械が、およそ前例のない軽やかさで機能する。歌う。一音一音を響かせる。《リーヌがここにいる！　リ

ーヌがやって来た！》

戸外では、木々が踊っている。風が息をしている。雲が駆けている。太陽が輝いている。春の朝のように空が晴れている。

してみると、私が待っていたのは彼女だったのだ！　そうとは知らなかった。美しい、非現実の、見知らぬ女を待っているのだと、私は思い込んでいた。ところが、十五年の別離ののちに現れたのは本物のリーヌだった。リーヌと私は、故郷の村から遠く離れたこの地で、もうひとつの村で、もうひとつの国で再会した。

午前中があっという間に過ぎてしまう。正午、私は社員食堂へ食べに行く。列ができている。その列がゆっくりと進む。リーヌが私の前にいる。彼女はコーヒーと、パン一個にしか手を出さない。私も、この国にやって来たばかりの頃、自分に馴染みのないこの国の料理を美味しいと思えなかった頃、今の彼女とまったく同じようにしていた。当時は、何を食べても味気なく、まずく感じられた。

リーヌは、少し離れた所にあるテーブルを選ぶ。私は、彼女の向かい側の、別のテーブルに着席する。目を伏せたまま食べる。彼女の方へ目を向けるのが怖い。食事を終えると、私は立ち上がる。お盆を返す。そして、コーヒーを取りに行く。リーヌのテーブルの前を通り過ぎるとき、彼女が読んでいる最中の本をちらりと見る。その本は、私たちの国の言語《ことば》でも、この国の言語でもない、別の言語で書かれている。ラテン語だと思う。

私もまた読んでいるふりをするが、しかし集中することができない。どうしてもリーヌの方へ目が行ってしまう。彼女が目を上げると、私は慌てて目を伏せる。時折、リーヌは窓の外をじっと眺める。その様子を見ていて、一見変わっていないように見える彼女の中にも、すっかり変化してしまったものがやはりあることに気づく。眼差しだ。私の子供時代のリーヌは、明朗で幸せそうな目をしていた。今のリーヌは、暗い、悲しげな眼差しの持ち主だ。私の知っているあらゆる亡命者がそうであるように――。

午後一時、私たちは作業場へ戻る。リーヌは、私の作業場の一階上に位置する作業場で働いている。

夕方、私たちが工場から出てくる時刻、バスが私たちを待っている。見ていると、リーヌは託児所の方へ駆けて行き、子供を抱いて戻ってくる。リーヌは運転手の近くの席に坐る。私はもう少し後ろの、しかしあまり離れていない席を選ぶ。

リーヌは、今朝彼女が乗ってきた村でバスを降りる。私も降りる。そして、彼女のあとをつける。彼女は村の小さな食料品店に入る。私もあとに続く。彼女は買いたいものを、ミルク、パスタ、ジャムを指で指し示す。彼女はこの国の言語《ことば》を話せないらしい。あるいは、私の子供時代にはあんなにおしゃべりな女の子だった彼女が、聾啞《ろうあ》になってしまったのかもしれない。

私は煙草を一箱買う。そして、店から外へ出たリーヌのあとをなおもつけて行く。今度こそ、間違いなく彼女は私に気づいた。けれども、彼女は何も言わない。教会のそばの、三階建ての家に入っていく。私は一階の窓を見やる。明かりが灯っている。ひとりの男が机に向かって坐り、何冊かの本の上に上体を傾けている。一階のアパルトマンの他の部分は暗くて見えない。

私は、森へ通じている通路を見つける。小さな木の橋を渡り、さらに路を辿って、家々の裏手まで行く。草むらの中に腰を下ろし、リーヌが住んでいる建物を見定めようとする。うまく見定めることができたと思うが、しかし確信はない。川と庭が私を家々から隔《へだ》てている。裏手に面したいくつかの部屋で人影が動くのはよく見えるが、しかしそれだけであって、私の位置から人を識別することはできない。

私は思う。何かものを見ようとするなら双眼鏡を買う必要があると——。

私は家の正面へ引き返す。男は相変わらず机に向かっている。リーヌもそこにいて、肘掛け椅子に腰かけ、赤ん坊に哺乳瓶でミルクを与えている。その赤ん坊が男の子か女の子かを私は知らない。しかし私は今では、リーヌに夫がいることを知っている。

私はバスで帰宅することにする。長い間待たされる。夜は、バスの運行回数がぐっと減るのだ。もう少しで十時という時刻になって、ようやく家に帰り着く。

ジャンがドアの前で私を待っている。階段のところで眠り込んだらしい。

彼が私に言う。

「どこへ行っていたんだ？」

私は言う。

「何だと？　おまえにいちいち報告する義務がおれにあるとでもいうのか？　おまえこそ、ここで何をしている？　おまえらはどいつもこいつも、おれの邪魔をするのはいい加減にやめたらどうだ？」

ジャンが立ち上がる。小声で私に言う。

「おまえを待ってたんだ。通訳が要《い》るもんだから」

私はドアを開ける。台所に入る。言う。

「出ていってくれ。もう夜も遅い。おれは眠りたいんだ」

彼が言う。

「おれ、腹が減ってるんだけど」

私が彼に言う。

「おれの知ったことか」

私は彼を階段の方へ押しやる。彼がなおも言う。

「エヴが次の裁判のためにおまえにまた会いたがってる。エヴは外国人や、難民や、おれたちに関係のあることなら何でも担当してるんだ。彼女、おまえはどうしてるのかって、会うたびに訊いてくるぞ」

私は言う。

「エヴに訊かれたら、おれのことは死んだと言っておけばいい」

「だけど、それは本当じゃないよ、サンドール。おまえは死んじゃいない」

「エヴは理解するさ」

ジャンが問う。

「いったいどうして、そこまで意地悪になったんだ、サンドール?」

「おれは別に意地悪なわけじゃない。疲れているんだ。放っておいてくれ」

私は双眼鏡を買う。自転車も買う。これで、もうバスを待たなくて済む。今後は昼夜を問わず、いつでも好きなときにリーヌの村へ行くことができる。その村は、町からたった六キロの距離にあるのだ。

私はもうリーヌを追いかけない。工場から出ると、私はバスで町まで帰る。彼女は自分の村でバスを降りる。その後は私の姿を目にしない。

社員食堂では話が別だが。

しばらくのち、夜になるのを待って初めて、私は双眼鏡を携えて彼女を見に行く。もっとも、大したものが見えるわけではない。

リーヌが子供を小さなベッドに寝かす。そのあとで、彼女と彼女の夫が大きなベッドに入り、そして彼らが明かりを消す。

ときどき、リーヌは窓際に来て身を乗り出すようにする。煙草を吸いながら私の方に視線を向ける。が、彼女に私の姿は見えない。彼女には森しか見えない。

私は彼女に言えたらと思う。私がここにいる、彼女を見守っている、この異邦の地にやって来た彼女のことを気づかっていると。私は彼女に言えたらと思う。彼女は安心していいのだ、なぜなら他でもない兄弟の私がここにいるのだから、そして彼女をあらゆる危険から護ってあげるのだからと。

前にどこかで読んだか、聞いたかしたところによれば、古代エジプトでは、兄（弟）と妹（姉）の結婚こそ理想の結婚と考えられていた。私もそうだと思う。リーヌは私にとって本当の妹ではなく、腹違いの妹なのだけれども……。私には、彼女以外に姉妹はいない。

土曜日がやって来る。土曜日は、工場が休みになる。そこで、私は自転車に乗り、リーヌの村へ行く。夫婦の様子を、ときには家の正面から、ときには森の側から観察する。リーヌが服を着、ハンドバッグを持つのが見える。彼女はバス停へ向かう。町へ行くのだ。

私はバスを追って自転車をこぐ。下り道なので、離されずについていける。私たちは同時に中央広場に到着する。リーヌが下車する。美容室に入っていく。私のほうは、その辺りの居酒屋に入り、広場に面した窓のそばに腰を落ち着ける。そして、待つ。

二時間後、リーヌが戻ってくる。あらゆる種類の買い物を抱えている。彼女は髪形を変えた。ショートカットにし、髪をカールさせている。ヨランドのスタイルとほとんど違わない。私はリーヌに、新しい髪形が彼女にはちっとも似合わないことを言わなくてはと思う。

予期したとおり、彼女はバスに乗る。私は自転車で追いかける。彼女の村まで付き添っていくわけだが、しかし上り坂なので、私は彼女よりもずっと遅れて到着する。

その土曜日、私はヨランドの家《うち》へ行くのを忘れた。これといって目を瞠《みは》るべきものなど何もないのだが、私は夜の八時までリーヌの近くにいる。帰宅してようやく、何ひとつ食べるものを買わなかったこと、冷蔵庫の中が空っぽになっていることに気づく。今からでもヨランドの家のベルを押すことはできるのだが、私はそれより、同国人たちの馴染みの居酒屋へ行くほうを選ぶ。

当然、居酒屋に行けばジャンに会う。彼は一杯のビールを飲んでいるところだ。彼のまわりには、私には分からない言語《ことば》を話す他の国からの亡命者たちがいる。

ジャンが彼らに言う。

「この男はおれの親友だ。坐れよ、サンドール。ここにいるのは皆、おれの友達さ」

私は彼の友人全員と握手する。それから、ジャンに訊ねる。

「おまえ、どうやって言いたいことを伝えてるんだ？」

ジャンは笑う。

「簡単だよ。身振りってものがある」

彼は八本の指を立てて、ボーイに合図する。

「ビールをくれ！」

彼は私の方に身をかがめる。

「なあ、ビール八本、おれたちに奢《おご》ってくれるだろ？」

「うむ、もちろんだ。それに、ジャガイモ添えのソーセージ八本もつけよう」

ボーイがソーセージの皿を運んでくる。私が財布をテーブルの上に置くと、一同が拍手喝采《はくしゅかっさい》する。彼らは騒々《そうぞう》しく食べ、ビールを次から次へと注文する。

その時、ヨランドが私の前に現れる。私は彼女の姿を、一種の霧の中に認める。私はすでに飲み過ぎていたし、またホールには、煙草の煙が濛々《もうもう》と立ち込めている。

私がヨランドに言う。

「坐れよ」

「だめよ。家《うち》へいらっしゃい。わたし、夕食を用意したのよ」

「食事はもう済ませた。まあ腰を下ろして、ソーセージを一本食べろ。ここにいるのは皆仲間なんだ」

彼女が言う。

「あなた、酔ってるわ。家まで連れて帰ってほしいんじゃない？」

「いや、帰りたくないんだ、ヨランド。ぼくはまだここにいたい。そして、もっと飲みたい」

彼女が言う。

「あなたの国の人たちがやって来て以来、あなた、別人になったわね」

「そうとも、ヨランド、ぼくはもう別人なんだ。しかも、いつか以前の自分に戻ることがあるのかどうか、ぼくには分からない。それを知るにはおそらく、しばらくの期間、きみとぼくは会うのをやめる必要がある」

「どれくらいの期間？」

「分からん。数週間か、数ヵ月か……」

「いいわ、分かった。わたし、待つことにする」

今や、主要な問題は次のものだ——どのようにしてリーヌと知り合いになるか？

不思議なことに、彼女の作業場のチーフも、ソーシャル・ワーカーも、問題が起こったときに通訳として彼女を助けるようにと私に言ってこない。確かに、工場での労働はまったく単純だから、聾唖者にでも説明することができる。

リーヌのことで、もしかしたら彼女は口がきけないのかもしれないと私が言うのは、これで二度目だ。彼女はめったに口を開かない。本当のところ、彼女は一度も誰とも話さないのだ。

というわけで、社員食堂で話しかけるしか手立てがない。

ふだん、私はいとも易々と女性に近づく。しかし、相手がリーヌだと思うと、私は怖い。拒絶に遇《あ》うのがたまらなく怖い。

ある日、私は決意する。自分のコーヒーを持って彼女のテーブルの前を通る時、私は立ち止まる。私たちの母語で彼女に訊ねる。

「コーヒーをもう一杯いかがです?」

彼女が微笑む。

「いえ、結構です。でも、お坐りになって。あなたが同胞だとは知りませんでした。それでわたしのあとをつけたんですか?」

「ええ、そういうことです。自分の故国《くに》からやって来る人なら誰にでも関心があるんです。手助けできたらと思うので」

「わたしの場合は、あなたの手助けが必要だとは思わないけれど……。でも、あなたはいったい誰なんですか？」

「ずっと前からの亡命者ですよ。十五年前からここで暮らしているんです。サンドール・レステルといいます」

「サンドールというお名前、わたしは好きです。父の名前がサンドールなんです」

「お父さんはおいくつですか」

「そんなこと、わざわざ訊ねるほどのことかしら？　父はもうじき六十歳です。どうしてそんなことが気になるんです？」

私が答える。

「わたしの両親は戦争中に死にました。あなたのご両親も亡くなっているのかと思ったものですから」

「いいえ、わたしの親は二人ともまだ元気です。あなたと、あなたのご両親のこと、お気の毒に思いますわ、サンドールさん。わたしはカロリーヌというんですけど、わたしはこの名前が気に入らなくて……。夫はわたしのことをカロルと呼んでいます」

「わたしなら、リーヌって呼びたいけれど」

彼女が笑う。

「子供の頃は、わたし、そう呼ばれていました、リーヌって！」

それから、彼女が私に問う。

「この国での生活、どんなふうにして耐えていらっしゃるの？」

「慣れていくものなんですよ」

「わたしには慣れることなんてできそうもないわ。けっして……」

「でもね、慣れるしかないんです。あなたは亡命者だ。みずから進んでやって来たわけでしょう。そうである以上、引き返すことはできないんですから」

「いいえ、わたしは亡命者じゃありませんよ。夫に、この国で研究をするための給費が下りたんです。彼は物理学者です。わたしたちは一年間ここで暮らして、そのあと故国《くに》へ帰るつもりです。向こうへ帰ったら、わたしは自分の勉強の仕上げをして、ギリシア語とラテン語の教師になります。それまで一年の間、工場で働くことにしたんです。夫への給費だけではすべての必要を満たせません。わたしは故国《くに》に残ってもよかったのですが、夫が子供と——それからわたしと——離れて暮らすのはいやだと言って」

私はリーヌと一緒に彼女の受け持ちの機械のところまで行く。

「心配することはないですよ。一年なんてすぐに過ぎてしまいます。わたしなんか、ここで十年も働いているんですから」

「恐ろしいですね。わたしには耐えられませんわ」

「耐えられる人なんていません。でも、それでいて、誰も労働では死なないんです。なかには気の狂う人もいますが、稀《まれ》なことです」

夕方、私はバスの中でリーヌを待っている。彼女が赤ん坊を抱いて現れる。私は彼女に、男の子か女の子かを訊ねる。

「わたしの産んだ女の子です。今、五カ月。名前はヴィオレット。でも、お願いですから、もうつけ回さないでください」

翌日、社員食堂で、私は自分の食事の載ったお盆を持ってリーヌのテーブルへ行く。彼女の正面に着席する。

「外ではもうあなたを追いかけません。でも、食事くらい一緒にしてもいいでしょう」

「毎日？」

「毎日だっていいじゃないですか。われわれは同じ国の出身です。誰も意外に思いはしません」

「わたしの夫は嫉妬《しっと》深いのよ」

「いっさい知られやしませんよ。彼のことを話してください」

「名前はコロマン。研究者です。彼は毎朝町へ行って、夜遅く帰ってきます。家でも長時間仕事をしています」

「で、あなたは？　この土地で退屈しちゃいませんか？　あなたは外出しないし、あなたにはお友達もいない」

「どうしてそんなことを知っているんです？」

私は笑う。

「あなたのあとをつけました。ここ数週間、わたしはあなたを観察しているんです」

「夜もですか？　うちの家まで来て？」

「ええ、窓からね。双眼鏡を使いました。ごめんなさい」

リーヌは顔を赤らめる。それから、急いで言う。

「退屈している暇なんてありません。家事、子供の世話、買い物、工場での仕事に追い回されて」

「ご主人は助けてくれないのですか？」

「彼にそれだけの時間はないんです。土曜の午後は、彼に子守をしてもらって、その間にわたしは町で買い物をするんです。村では、必要なものが揃《そろ》いませんから」

私は彼女の言葉を遮《さえぎ》る。

「美容室さえありませんよね。残念だなあ、あなたが髪をそんなふうにしてしまったのは。その髪形、ちっとも似合っていませんよ」

彼女は腹を立てる。

「あなたには関係のないことですわ」

「おっしゃるとおりです。ごめんなさい。続けてください」

「続けるって、何を？」

「土曜の午後は、あなたのご主人が子守をなさって……」

「子守をするといっても名ばかりなんですよ。彼は子供とともに書斎代わりの部屋に入って、子供を横に置いておいて仕事をするんです。子供があまり泣くときには、わたしが前もって用意しておくお茶を飲ませます。ただそれだけ。おむつも替えてやらないし、抱っこしてあやすこともしない。赤ん坊が泣いたら、泣くままにしておくんです。彼ったら、泣くのは赤ん坊にとっていいことだって言い張って……」

リーヌは顔を伏せる。目に涙を浮かべている。沈黙ののち、私が言う。

「そんな諸々《もろもろ》のことがあって、ご苦労が多いんですね」

彼女が首を横に振る。

「こんなこと、長く続くわけじゃないんです。夏の初めには、わたしたち、故国《くに》へ帰りますから」

「そんな！」

この叫び声がつい口から飛び出してしまった。驚いて、リーヌが言う。

「どういうことですか、そんなって？」

「ごめんなさい。もちろん、お帰りになるんですよね。でも、あなたが行ってしまうというのは、わたしには耐え難《がた》いことです」

「あら、どうして？」

「これは長い物語でしてね。実はあなたは、わたしが十五年前に別れた女の子によく似ていらっしゃるんです」

リーヌが微笑む。

「分かりますわ。わたしも、昔のことですけど、同い歳のある男の子に恋したことがあります。でも、ある日、その子はいなくなってしまいました。母親と一緒に村を出て、町へ行ってしまったんです。以来、行方《ゆくえ》が知れないんです」

「少年も、母親も、ですか？」

「ええ、二人ともです。まあ、そもそも、その母親は、よくない生活をしていた女でしたからね……。わたし、二人が村を出ていった日をよく憶えています。というのは、ちょうどその日の夜、帰宅途中の父が襲われたんです。墓地の近くで、浮浪者が父を刺して、財布を奪ったんです。父はなんとか家まで歩いて帰ってくることができました。母親が傷の手当てをしました。母が父を救ったんです」

「あなたはそれから一度もトビアスに再会していないんですか？」

リーヌが私の目の中を覗き込む。

「彼がトビアスという名前だったこと、わたし、まだあなたに言っていませんよ」

私たちはなおもじっと見つめ合っている。私が先に言葉を発する。

「……というわけさ、リーヌ。ぼくはきみがきみだってこと、すぐに分かったよ。きみがバスに乗ってきた最初の日にね」

リーヌはふだんよりもなお一層、蒼白《そうはく》になる。囁《ささや》くように言う。

「トビアス、あなたなの？　どうして名前を変えたの？」

「どうしてって、違う生活を始めたからさ。それに、ぼくは自分の名前を滑稽だと思っていたから」

翌朝、リーヌがバスに乗ってくる。彼女は奥の席の、私の横に坐る。私たちはほとんど二人っきりだ。乗客はとても少ない。誰も私たちを見ていない。誰も私たちに関心を持っていない。

リーヌが私に言う。

「わたし、あなたのことを夫に話しまし……いえ、話したの。コロマンにね。彼、わたしが工場でひとりぼっちでないことを喜んでいるわ。実は彼に少し嘘をついたの。あなたのお母さんのことは話さなかった。あなたは首都に住んでいた遠縁の従兄《いとこ》で、戦争孤児だというふうに話したわ。彼はあなたと知り合いになりたがっていてね、あなたを家に招いたらって、わたしに勧めるの」

私は言う。

「いや、それはまだ早い。もっと待つべきだ」

「何を待つの？」

「ぼくら二人が、改めてよく知り合うまで待つのさ」

お昼、私たちは一緒に食事をする。毎昼だ。朝、私たちは一緒に通勤する。毎朝だ。夕方も同様。

週末だけ、私は辛い気分を味わう。工場の休みの日だからだ。私はリーヌに、土曜日の買い物に付き添う許可を求める。私は中央広場で彼女を待っている。彼女のあとについて店に入る。彼女のいくつもの包みを持つ。そのあと、難民の集まる居酒屋へ行って、コーヒーを一杯飲む。それから、リーヌはバスに乗り込む。自分の住んでいる村へ、夫の方へ、子供の方へ帰っていく。私はもう追いかけない。

毎晩彼女が夫の横で寝るのなんか、もう見たくない。うんざりする。

日曜日が空《あ》いている。私はリーヌに、毎日曜、午後三時に、森に通じている小さな木の橋のところで待っていると告げる。もし彼女が子供を連れて散歩に出てくることができれば、そこに私がいるというわけだ。

私は毎日曜、彼女を待つ。そして毎日曜、彼女は現れる。

私たちは、彼女の小さな女の子とともに散歩する。時折、季節が冬なので、リーヌは女の子を小型の橇《そり》に乗せてやって来る。私がその橇を小高い丘の上まで引き上げる。

リーヌとヴィオレットが一緒に橇に乗って滑り降りる。そして私は、てくてく歩いていって、丘の下で彼女たちに合流する。

こうして、一日として、私がリーヌに会わない日はない。彼女は私にとって、不可欠の存在になった。

工場での毎日が喜びの日々となる。朝の目覚めがひとつの幸福に、バス通勤が地球一周の旅に、中央広場が宇宙の中心に変化する。

リーヌは、私が彼女の父親を殺そうとしたことを知らない。私の父親が彼女の父親であることを知らない。私はだから、彼女に結婚を申し込むことができる。この国では誰ひとり、私たちが兄と妹であることを知らない。リーヌ自身、それを知らない。ここにはどんな障害もない。

私たちは子供を作らないだろう。子供など、必要ないのだから。リーヌにはすでに一人子供がいるし、私はといえば、子供が大嫌いだ。第一、コロマンが帰国する折りに子供を連れて行こうとするなら、それはそれでまったく差し支えのないことだ。そのようにすれば、子供は祖父母や、ひとつの国や、必要なものすべてに恵まれることになる。

私のほうは、ただひたすらリーヌをこの土地に、自分のそばに確保したい。自分の家《うち》に――。私のアパルトマンは清潔《きれい》になっている。

自分の書斎を設置するつもりでいた二つ目の寝室の内部のがらくたを捨て、そこに、リーヌが急に私の家に移り住まねばならないような場合のための子供部屋を設置する。

昼の食事のあと、リーヌと私はときどきチェスをする。勝つのは、いつも私だ。私が五回続けて勝つと、リーヌが私に言う。

「まあ、あなたにも、何か誰にも負けないものがなくてはね」

「どういうことだい?」

彼女はぷんぷんしている。言う。

「小学校の頃、わたしたちは同じくらいの成績だったわ。あれから、わたしたちはそれぞれの道を歩いた。わたしは言語・文学の教師になったけど、あなたはただの労働者止まりだわ」

私は言う。

「ぼくは書いている。日記と、本を書いているよ」

「かわいそうなサンドール、あなたには、本とはどういうものかさえ分かっていないのね。どの言語《ことば》で書いているの？」

「この国の言語《ことば》を遣《つか》っているよ。ぼくが書いているもの、きみには読めないよ」

彼女が言う。

「書くというのは、母語で書く場合でさえ難しいのよ。だとすれば、他の言語《ことば》でなんて書けるかしら？」

私は言う。

「ぼくはやってみている。それだけのことさ。成功しようと、成功しまいと、ぼくにはどっちでもいいんだ」

「本当に？あなた、自分の人生の終わりまで工場労働者でいることになっても、それでもいいの？」

「きみと一緒にいるとすれば、うむ、どっちでもいいとは思わない。きみがいないなら、何もかもぼくにはどうでもいいことなのさ」

「あなたを見ていると、怖くなるわ、トビアス」

「きみもだよ、リーヌ、きみを見ていると、ぼくは怖くなる」

ときどき、土曜の夜、私はヨランドに会う。リーヌと彼女の夫が同じベッドで寝るのを眺めるのに私はすでにうんざりしたし、今ではもう、居酒屋にも飽き飽きしている。

ヨランドは歌を歌いながら料理をする。ウイスキーと氷を私のところへ持ってくる。私は新聞を読んでいる。それから、私たちは向かい合って、黙って食事をする。互いに、これといって話すべきことがないのだ。食後、私がその気になれば、私たちはセックスをする。私がその気になる折りはだんだん少なくなってきている。たいてい、執筆のために一刻も早く自分の家に帰ることばかり考えている。

私は、この国の言語《ことば》で奇妙な話を書くことはもはやしていない。母語で詩を書いている。それらの詩は、もちろんリーヌに捧げられている。けれども私は、作品をリーヌに見せることをためらっている。語の綴《つづ》りを誤っていないか自信がなく、リーヌにバカにされることを想像してしまうからだ。詩の内容についていえば、彼女に明かすのはまだ時期尚早だ。うっかり明かしたら、彼女は社員食堂で私が同じテーブルに着くことを禁じたり、日曜日の連れ立っての散歩を断ったりしかねない。

十二月のある土曜日、ヨランドが私に言う。

「クリスマスにね、わたし、両親のところへ行くつもりなの。あなたも来れば、わたしたちと一緒にイヴの夕べをすごせるんだけど。もうずいぶん前から、父と母もあなたに会いたがっているしね」

「可能だよ。ぼくも行くかもしれない」

ただ、月曜の朝、リーヌが私に、クリスマスの夕べに私を招くことを夫から提案されたと言う。

「あなたの恋人と一緒にいらっしゃいよ」

私は首を横に振る。

「恋人がいるのなら、ぼくは土曜と日曜の午後をきみとすごしはしない。男の友達を誘って行くよ」

ヨランドには、ジャンと一緒に同国人の家に招待されたと言う。そうとも、私はジャンを連れて行く。お偉い物理学者が祝日の晩餐《ばんさん》に粗野な農夫を迎えてどんな顔をするか、これは見ものだ！

私は判断を誤った。

コロマンは私たちを喜んで迎えてくれた。彼はすぐにジャンをリラックスさせた。彼をさっそく台所に導いて椅子に坐らせ、ビールを一本サービスしたのだった。

自分があれほどたびたび外から観察した建物であるだけに、私はそのアパルトマンの中をつぶさに見ることができてたいへん満足だ。道路側に一室、庭と森の側に一室。その二部屋の間に台所。風呂場はない。中央暖房もない。部屋を暖めるのは石炭であり、竃《かまど》の燃料は薪《たきぎ》だ。

私は思う。リーヌはここにいるより、私の家に住んだほうがずっと快適に暮らせると。

彼女は、ふだんはコロマンが仕事に使っている道路側の部屋に食卓を用意すべく、立ち働いている。コロマンはすでにテーブルの上をすっきりさせ、自分の本を片づけたのだ。

樅《もみ》の木に飾りが付けられ、プレゼントがその足元に置かれている。ツリーの横で、ベビーサークルの中の幼い女の子が遊んでいる。

コロマンが蠟燭《ろうそく》に火をつけ、女の子にプレゼントが渡される。もちろん、女の子はそんなものに関心を示さない。生後まだ六ヵ月なのだ。私はその子にぬいぐるみの猫を持ってきた。ジャンからの贈り物は、彼自身が作った木製の独楽《こま》だ。

リーヌが赤ん坊に哺乳瓶でミルクを飲ませる。

「この子が眠ってしまってから、食べることにしましょう。そのほうが落ち着けると思う」

コロマンが白ワインの罎《びん》の栓を抜いてグラスに注ぎ、グラスを掲げる。

「クリスマス、おめでとう!」

私は、自分はクリスマス・ツリーを飾ってもらったことが一度もなかったなと思う。もしかすると、ジャンは今、私と同じことを思っているかもしれない。

リーヌが子供を奥の部屋に寝かせる。それが済んで、私たちは食事を始める。米と野菜を添えた鴨《かも》料理。とても美味しい。

食後、私たちはプレゼントを交換する。ジャンは、何種類もの刃と、栓抜き、罐《かん》切りが一緒になったナイフを贈られる。彼は大喜びしている。私はというと、万年筆を贈られる。リーヌからのプレゼントとして、これをどう受け取っていいのか分からない。私はどちらかというと悪く、つまり一種のからかいと受け取る。

コロマンが私の方へ向き直る。

「カロルから聞いたんですが、ものを書いていらっしゃるそうですね」

私はリーヌに視線を向ける。顔がひどく火照《ほて》っているのを感じる。真っ赤になっているにちがいない。私は愚かしくも言う。

「ええ、でも、もっぱら鉛筆書きなんです」

話題を逸らそうと、私は急いでリーヌに、ジャンと私の二人からの贈り物、カラフとグラスのリキュール・セットを渡す。もちろん、代金を払ったのは私だ。リーヌがテーブルから皿を引き始める。私が手伝う。二人して湯を沸かす。リーヌが皿や食器を洗う。私がそれを拭く。私たちが働いている間、寝室の方から笑い声が聞こえてくる。ジャンとコロマンが冗談話を披露《ひろう》し合っているのだ。

私が部屋に入る。

「ジャン、帰らなくちゃ。最終のバスが十分後に来る」

コロマンの見ている前で、私はリーヌの頰にキスをする。

「ありがとう、従妹《いとこ》のリーヌ、すばらしい夕べだったよ」

ジャンはリーヌの手の甲に接吻する。

「ありがとう、ありがとう。さよなら、コロマン」

コロマンが言う。

「また近いうちに。実に愉快でしたよ」

クリスマスと正月元旦の間に、工場は一週間の休暇となる。一緒にバスに乗ることも、昼食をともにすることもできない。この年末の時期に入る前に、私はリーヌに知らせておいた。

「ぼくは例の橋のところに、毎日午後三時にいる」

それほど寒くない日には、私はそこまで自転車で行く。雪の日はバスに乗る。橋の上で二、三時間待つ。それから家に帰る。そして詩を書く。

残念なことに、コロマンも休暇中らしく、リーヌの赤ん坊との散歩に彼も付き添ってくる。やむなく私は木の後ろに身を隠し、彼らの姿が見えなくなるのを待って、その場から立ち去る。リーヌはきっと、私の自転車を確認している。

この休暇の日々の間、一度としてリーヌはやって来なかった。一度として、私は彼女に言葉をかけることができなかった。

コロマンが、クリスマスの夕べの折りに何かに気づいたのだろうか？

私は今では、休みの日より勤務日のほうがうれしい。私はひどく退屈している。ヨランドの家のベルを押してみるが、彼女は返事しない。両親の家からまだ帰ってきていないのだ。ヨランドの両親が暮らしているのは遠い所ではないが、しかし私は彼らの住所を知らない。

難民に馴染みの居酒屋は閉まったままだ。

ある日、私はポールの家のベルを押す。ドアを開けたのはカティだ。

「こんばんは、サンドール。何かご用？」

「特別な用はないんだ。ポールやきみと少し話をしたくて」

「ポールはいないわ。出て行ったの。蒸発しちゃったのよ。故国《くに》に帰ったのかもしれないけど、分からない。ヴェラが死んで数ヵ月後にね、わたしが台所に入ると、テーブルの上に一通の手紙が置いてあったの。ポールはその中で、自分はヴェラを愛した、ヴェラに恋していた、わたしと二人でバカンスに出かけたことを永遠に後悔するって、書いていたわ。それにまた、ヴェラも彼を愛していた、わたしたち二人が彼女を残してバカンスに発ったとき彼女が自殺したのはそれが理由なのだって、そうも書いていたわ」

私は呟《つぶや》くことしかできない。

「そんなこととは知らなかった……。ポールがいない今、どうやって切り抜けているの？」

「問題ないわよ。わたしは相変わらず病院で働いているし、今はこの国の男と暮らしているけど、妹が死んでいなくなった以上、その男が妹に恋するなんて心配もないしね」

カティはドアをバタンと閉める。私はそこに、玄関の敷居《しきい》のところに、数分間立ち尽くす。あの頃、私は、ヴェラが自分に恋していたのだと思い込んだ。私は間違っていた。彼女は義兄のポール、姉の夫に恋していたのだ。一方では、私は気持ちが軽くなった。ヴェラは私には何も期待していなかったのだ。

十二月三十一日、私は難民センターを訪れる。何キロもの食料品を抱えていく。広いホールに足を踏み入れる。さまざまの肌の色をした人びとが手分けして、ホールを飾ったり、テーブルの用意をしたりしている。紙のテーブルクロス、プラスチックのコップとナイフ・フォーク。いたるところに、樅の木の枝。

私が入っていくやいなや、人びとがざわめく。私のまわりに集まってくる。叫ぶ。

「ジャン！　ジャン！　おまえの友達だぞ！」

ジャンが私を台所に近い、招待席まで案内する。

「よく来てくれたな、すごくうれしいよ、サンドール！」

そこで私は、よく知られた、あるいはよく知られていない多くの国からやって来た人びとによる大々的なパーティに立ち会う。音楽あり、ダンスあり、歌あり。難民たちは朝の五時まで盛大に飲み食いしてよしという許可を得ている。

十一時、私は会場を抜け出す。自転車に乗る。隣の村へ行く。森の縁のところに私は坐る。リーヌの家の窓はすべて闇に覆われている。

まもなく、教会の大時計が十二回、音を響かせる。真夜中だ。新年が始まる。私は凍った草むらの中に坐っている。私の頭部ががっくりと落ちて、腕に支えられる。私は泣いている。

ついに休暇が終わった。リーヌがふたたび、ほとんど一日じゅう、私の近くにいる。労働しているときでさえ、私たちの作業場は一階しか離れていないし、私はいつでも彼女に会いに行くことができる。

休暇後の最初の朝、バスの中で、リーヌが言う。

「ごめんなさい、サンドール。わたし、独りでは外に出ることができなかったの。コロマンが一日じゅう家で仕事していて、わたしがヴィオレットを連れて外出する支度を始めると、彼がいつもすぐに、外の空気をちょっと吸いに出るのは自分の体にもいいから一緒に出ると言い出したのよ」

「ああ、そうだね、リーヌ、ぼくはきみたちの姿を見たよ。気にすることはないさ。幸い、今じゃそれも終わった。すべてが休暇の前と同じだ」

リーヌが私に、すばらしいことを言ってくれる。

「あなたと会えなくて淋しかったわ。わたし、家の中でとても退屈していたの。コロマンは実際上、わたしに言葉をかけるということが全然なかったわ。あの人は本の中に埋没《まいぼつ》していたの。一緒に散歩していたときでさえ、彼はほとんど口を開かなかった。それで、わたしはあなたのことを考えていたわ。あなたの自転車に気づくと辛かった。で、あなたは、この休暇、何をしていたの？」

「ぼくはきみを待っていただけだよ」

リーヌが目を伏せる。赤面している。

昼の食事の間に、彼女が私に言う。

「これまで一度も訊ねたことがなかったけれど、あなたはお母さんをどこに残してきたの？　あなたとお母さんは一緒に村を出ていったのよね、違う？」

「いや、ぼくは母より先に出ていった。母がどうなったのかは、ぼくは知らない」

「町で、通りで姿を見かけたという人がいたわ。ごめんなさい、トビアス、でもわたし、あなたのお母さんは村にいたときと同じような生活を続けたんだと思うわ」

「母には他に途《みち》がなかったんだ。でも、リーヌ、ともかくその辺りのことはね、ぼくが自分の人生のうちでむしろ忘れたいと思っている部分なんだよ。ここでは誰も、ぼくがどこから来たのか、どういう出身なのか、知りはしない」

「かわいそうなトビアス。宥《ゆる》してちょうだい。あなたは、誰が自分の父親なのかも知らないのよね」

「その点では、リーヌ、きみは間違っているよ。ぼくは誰が自分の父親なのか、よく知っている。だけど、それは秘密なんだ」

「わたしにも明かせない秘密なの？」

「そう、その秘密はきみにも明かせない。特にきみには明かせない」

「もしかしてわたしの知っている人だからかしら？」

「うむ、もしかしたらきみの知っている人だからだ」

リーヌは肩をすくめて見せる。

「でも、トビアス、たとえあなたのお父さんがあの農夫たちのうちの一人だって、わたしは何とも思わないわよ。あの人たちのことは、もう名前も憶えていないくらいだもの」

「ぼくも同じだよ、リーヌ、彼らの名前はもう憶えていない」

リーヌと私は今では、散歩の間や食事の折りに、過去のことを少しずつ話題にすることができるようになっている。リーヌが語る。

「あなたが村から出て行った年、わたしたちは義務教育を終えたのよ。秋には、わたしは町へ行って、母の姉の家で暮らすことになった。兄がすでに町にいて、学費免除の寄宿学校に入っていたわ。兄とわたしは、毎日曜日、伯母の家で会うことになった。それに、両親もしばしば訪ねてきてくれた。そのたびに村の食糧を運んできてくれた。なにしろ、戦後の町ではすべてが不足していたから。二年後、今度は弟が学費免除の寄宿学校に入学したわ。わたしの父があなたもそこに入れることにしてはどうかって提案していた、まさにその学校にね。そのあと、わたしたちは三人とも首都へ出て、大学に進んだ。そして、兄は弁護士になったし、弟のほうはお医者になったわ。あなただって、もしあのときわたしの父の言うことを聞いていれば、ひとかどの人物になれたかもしれないのよ。でも、あなたは逃げ出すほうを選んでしまって、結局ただの人になったのね。一介《いっかい》の工場労働者……。なぜなの？」

私は答える。

「なぜって、人はただの人になることで初めて、物書きになれるのだからさ。それに、物事の成り行きがこうだったのだから仕方がないよ」

「あなたそれ、まじめに言っているの、サンドール？　作家になるにはただの人になる必要があるなんて？」

「ぼくはそう信じているよ」

「わたしが思うには、作家になるためには、とても豊かな教養を身につける必要があるわ。それから、たくさん読んで、たくさん書かなければだめよ。作家になるなんて、一朝一夕《いっちょういっせき》にできることじゃないわよ」

私は言う。

「ぼくはとても豊かな教養なんて身につけていないけれど、しかし、たくさん読んで、たくさん書いたよ。物書きになるには、ひたすら書くことだけが必要なんだ。もちろん、述べるべきことが何もないというようなこともあり得る。しかも、ときには、何か述べるべきことがあっても、それをどう述べればいいのか分からないということもある」

「で、最後に、あなたが書いたもののうちの何があなたに残るの？」

「最後には、何も残らないか、ほとんど何も残らない。一つの文章が書きつけられていて、その末尾にぼくの名前のある一枚か二枚の紙。それが残るのも稀なことでね。というのも、ぼくは書いたものをほとんど全部燃やしてしまうから。ぼくはまだ充分にいい文章を書けない。いつか、ぼくは一冊の本を書く。その本は燃やさない。その本にはトビアス・オルヴァと署名する。誰もがそれをペンネームだと思うだろう。実は、それがぼくの本当の名前なのだけれど、それを知っているのは、リーヌ、ねえ、そうだろう、ただ一人、きみだけというわけさ」

彼女が言う。

「わたしも、書きたいと思うわ。故国《くに》に帰って、ヴィオレットが学校へ通うようになったら、書くつもりよ」

「何を書くの？」

「分からない。もしかしたら、不可能な大恋愛の物語かもしれないわ」

「どうしてその恋愛は不可能だと思うの？」

リーヌは笑う。

「知らないわ。わたし、まだ始めてもいないんだもの」

「きみの本は贋物《にせもの》になる」

「あなたにそんなこと分かるもんですか」

「分かるさ。だって、きみはすべてを知ってはいないんだから。きみは絶対に、ぼくらの物語を書くことはできない」

「というと、わたしたちはひとつの物語を生きているわけ？」

「そうさ、リーヌ、ぼくらはひとつの物語を生きているんだ」

「恋愛物語なの？」

「それはきみ次第さ、リーヌ。もっとも、きみがまた別の不可能な恋愛の物語を生きているというのなら、話が違ってくるけれどもね」

彼女がニッコリして言う。

「いいえ、その心配は無用よ。でもわたし、そういう物語を想像で作り上げることができるわ」

「想像で作り上げるべきものなんて何もありはしないよ。ぼくはきみを愛している、リーヌ。そして、きみもまた、ぼくを愛している」

私たちは立ち止まる。ヴィオレットは乳母車の中で眠っている。春も間近な季節だ。雪が溶け出している。私たちは泥の中を歩いている。

リーヌは、眠っている彼女の小さな娘を見やる。

「ええ、わたしもまた、あなたを愛しているわ、サンドール。でも、わたしには夫がいるのよ。それに、この子もいる」

「もし夫も子供もいなければ、ぼくを完全に愛してくれるかい？　ぼくと結婚してくれるかい？」

「いいえ、トビアス。わたしは工場労働者の妻にはなれないし、わたし自身も、工場で働き続けることはできないわ」

私が問う。

「将来、ぼくが著名な大作家になって、その上できみを迎えに行ったら、そしたらぼくと結婚してくれるかい？」

彼女は言う。

「いいえ、トビアス。まず言っておくけれど、著名な大作家になるというあなたのその夢が実現するなんて、わたしには信じられないわよ。まあ、そのことは別問題としても、わたしはけっしてエステルの息子と結婚するわけにいかないのよ。あなたのお母さんを村に残していったのは放浪のジプシーたちよ。つまり、盗人《ぬすっと》たち、乞食たちじゃないの。それに対して、わたしのほうの親は良家の出で、教養のある、きちんとした社会人だもの」

「そうだね、分かってるよ。ぼくはといえば、母親は娼婦、父親は不明、そして本人はただの工員。たとえ作家になっても、ぼくは結局永久に、教養のない、教育のない能無し、淫売の息子なんだ」

「ええ、そういうことよ。わたしはあなたを愛しているけれど、これはひとつの夢にすぎないわ。わたしは恥ずかしいのよ、サンドール。わたしは夫に対して後ろめたい気持ちだし、しかも、あなたに対しても後ろめたい気持ちなの。あなた方を二人とも欺《あざむ》いているような気がするの」

「だって、きみのしていることはまさにそれだよ、リーヌ。きみは二人ともを欺いている」

私は思う。自分はすべてを彼女に言うべきだ、そうして、彼女が私を傷つけたぶん、彼女を傷つければいいと。少なくとも、私の父親が彼女の父親、良家の出で教養のある父親と同一人物であることを言うべきだと――。私はそれを彼女に言うべきなのだろうが、しかし、私にはできない。彼女を傷つけることはできない。彼女を失いたくないからだ。

リーヌの夫が、学会に出席するために二日間、家を留守にしなければならない。

私はリーヌに持ちかける。

「夜、会えるね」

彼女はためらう。

「あなたが家《うち》に来るのは困るわ。わたしがあなたの家に行くわけにもいかない。遠すぎるし、子供を長いこと放っておくことになるから。橋の上で待っていてちょうだい。ヴィオレットが寝ついたら、ちょっとの間、外に出ていくから。九時頃」

私は八時に到着する。自転車を橋の欄干《らんかん》にもたせかける。坐り込む。待つ。これまでに幾度もすごした夜と同じだ。必要なら、私は何時間でも、何日でも、待つことができる。他には何もすることがないのだ。

双眼鏡を使って、私はリーヌの様子を窺《うかが》う。彼女は奥の部屋に入る。子供を寝かせる。明かりを消す。それから、窓を開ける。身を乗り出すようにする。煙草を吸う。彼女に私の姿は見えないが、しかし彼女は、私がここにいることを知っている。彼女は子供が寝つくのを待っている。

教会の大時計が九時を打つ。雨が降っている。

少しのち、リーヌが私のそばにいる。彼女は、髪をスカーフにくるんでいる。私たちの故国《くに》の女たちの流儀だ。ただ、私の母だけはスカーフもせず、帽子も被《かぶ》っていなかった。彼女の髪は、雨に打たれているときでさえ、見事なものだった。

リーヌが私の腕の中に身を投げる。私は彼女の頬に、額に、眼の上に、首もとに、口に接吻する。私の接吻が雨と涙に濡れる。リーヌの顔の上を流れているのが涙であることが私に分かる。涙は、雨粒よりも塩辛い。

「どうして泣いているの？」

「わたし、あなたに対して酷《ひど》い態度だったわ、サンドール。わたし、あなたのお母さんのことがあるから、あなたとは結婚しないなんて言ったわね。でも、そんなこと、あなたが悪いんじゃないわ！　あなたには何の責任もないことだもの。あなたが怒って、もうわたしとは会わないって決めても不思議じゃなかったわ」

「そうも考えたよ、リーヌ。でも、ぼくにその力はなかった。ぼくはすっかりきみに依存してるんだ。もしあのときぼくがきみに会わないことに決めたとしたら、ぼくはもう死んでしまっているだろうよ。ぼくはきみに対して腹を立てることはできない。たとえ、きみに傷つけられてもね。きみがぼくを軽蔑してることは知っているけれど、でもそれを我慢できるくらい、ぼくはきみを愛している。ぼくが耐えられないだろうただ一つのこと、それは、きみがコロマンと一緒に故国《くに》へ帰ってしまうことだ」

「けれどそれは、何ヵ月か先にわたしがすることよ」

「そんなことになったら、ぼくは生き延びられないよ、リーヌ」

彼女が私の髪を愛撫する。

「もちろんあなたは生き延びるわよ、サンドール。それに、あなたも故国《くに》に帰ればいいじゃないの。そうすれば、わたしたちは会い続けることができるわ」

「隠れてかい？　きみの夫の目を盗んで？」

「他に方法がないわ。わたしを愛しているのなら、わたしたちと一緒に、わたしと一緒に帰国してちょうだい。何ひとつ、あなたを妨《さまた》げるものなんてないはずよ」

「いや、あるとも！　たくさんのことがある」

私は彼女を抱き締める。彼女の口にキスする。長い、非常に長いキスをする。その時、稲妻が私たちを照らし出す。雷が轟《とどろ》く。巨大な熱が私の体内に溢れ、私はリーヌを抱き締めたまま、射精する。

雨

昨日、私は長時間眠った。自分が死んだ夢を見た。自分の墓が見えていた。その墓は放置され、雑草に覆われていた。

ひとりの老女が墓の間を散歩していた。私は彼女に、どうして私の墓は世話されていないのか訊ねた。

「これはとても古いお墓だからね」と、彼女は私に言った。「日付をご覧なさいな。ここに葬られている人を知ってる者なんて、今じゃ一人もいやしないよ」

私は日付を見た。今年の年月日だった。私は何と返事していいのか分からなかった。

目覚めると、すでに夜になっていた。ベッドにいる私に、空と星々が見えていた。大気が透明で、暖かだった。

私は歩いていた。歩行と、雨と、泥以外には何もなかった。私の髪、私の服が濡れていた。私は靴を履いていなかった。跣《はだし》で歩いていた。私の足は白かった。その白さが泥から浮かび上がっていた。雲は灰色だった。太陽はまだ昇っていなかった。寒かった。雨が冷たかった。泥もまた、冷たかった。

私は歩いていた。他の歩行者に出会った。彼らは皆、同じ方向に歩いていた。彼らは軽々としていて、重さがないかのようだった。彼らの足は根無しで、けっして傷つくことがないのだった。そこにあったのは、自分の家を離れ、自分の国を離れた者たちの道だった。その道はどこへも通じていなかった。終わりのない幅広《はばひろ》の直線道路だった。その道は山々や町々を横切り、庭やタワーを突っ切っていたが、後ろにどんな跡形《あとかた》も残していなかった。人が後ろを振り向くと、それは消えてしまっていた。道は前方正面にだけ、真っ直ぐ伸びていた。両側には、泥の平原が果てしなく広がっていた。

時間が引き裂かれる。子供時代の空き地をどこにふたたび見出すべきか？　黒い空間の中に凝固した楕円形《だえんけい》の太陽たちを？　虚空《こくう》に転がり落ちた小径《こみち》をどこにふたたび見出すべきか？　季節が意味を失った。明日、昨日――これらの言葉は何を言わんとするのか？　ここには現在しかない。ある時、雪が降る。また別のある時、雨が降る。それから、陽が射す。風が吹く。すべてこうしたことは今のことだ。完了したことではないし、やがて起こることでもない。今あることだ。永久に。すべて同時に。というのは、物事が生きているのは私の中でであって、時間の中ででではないからだ。そして、私の中では、すべてが現在なのだ。

昨日、私は湖岸へ行った。水が今やとても黒々としていて、とても暗い。毎夜、忘れられた数日が波間に流されていく。それらの日々は、あたかも海を航行しているかのように、水平線へと去っていく。しかし、海はここから遠い。すべてがあまりに遠い。

思うに、私はまもなく治癒する。何かが私の中で、あるいは宇宙のどこかで、やがて壊れる。そのとき私は、未知の高みの方へ発《た》っていく。この大地にあるのは収穫物ばかり、耐え難い待機と、表現し難い沈黙ばかりだ。

私は雨の中を自転車で帰る。私は幸福だ。私は、リーヌに愛されていることを知っている。彼女は私に、彼女およびコロマンと同時に故国《くに》へ帰ることを求めた。

しかし、私はそうしたいと思わない。

故国《くに》へ帰る……何のために？

帰って、また改めて工場労働者になるのか？　工場にも、社員食堂にも、リーヌはいまい。

彼女は大学教授になるだろう。

彼女はもう私を認めてくれまい。

彼女はこの国に残らなければならない。彼女が残ることが必要なのだ。夫とともにであれ、子供とともにであれ、それは私にはどっちでもいいことだ。とにかく私は、彼女が発《た》たないことを望む。私が今や知っているように、彼女は私を愛している。だから、彼女は残るはずだ。

リーヌは私とともにこの国に残るだろう。結婚していようといまいと、子供があろうとなかろうと、重要なことではない。私たちは一緒に暮らすだろう。

私たちはしばらくの間、工場で働く。それから、私が本を、詩を、長篇小説を、短篇小説を発表し、私たちは金持ちになる。私たちはもはや働かなくて済むようになり、別荘を購入する。物腰の柔らかな、親切な中年女性が、私たちのために炊事も、家事もしてくれる。私たちは本を書く。絵を描く。

そうして日々が過ぎていくだろう。

私たちはもう走り回ったり、対象が何であれ待ったりしなくて済む。存分に眠った上で目覚めればよくなる。眠りたくなったときに眠ればよくなる。

ただ、リーヌが同意していない。

彼女は、どうしても私たちの故国《くに》に帰りたいと言う。なぜなのか、私には分からない。世界には他にもたくさんの国があるのに！

もし私もまた故国《くに》へ帰れば、私はどうしても、すべての町のすべての娼婦のなかに母を探さずにはいられないだろう。

昨夜の邂逅《かいこう》のあと、私は、リーヌが何を言い出すかと恐れていた。彼女は非常に思いがけない態度に出ることがあるので、私はどう対処すべきか、いつも迷ってしまうのだ。

翌朝、彼女がバスに乗ってきて、いつものように私の横に坐る。左腕で、彼女は自分の小さな娘を抱き、右手を私の手の中に滑り込ませる。私は問いを発しない。私たちはこうして、バスに揺られて工場まで行く。

空が晴れ渡っている。正午、私たちは食事をする。それから外へ出て公園を散歩する。ベンチに腰を下ろす。周辺には誰もいない。が、私たちは話さない。私たちの前方に、工場の醜《みにく》い建物がある。もっと遠くには、観光案内の冊子にしか見ないような見事な風景が広がっている。

私は自分の手を彼女の手の上に重ねる。彼女は手を引っ込めない。小声で私は、彼女のために書いた詩、私たちの母語で書いた詩のうちの一つを暗誦する。

「それは誰の作品なの？」

「ぼくのだよ」

「あなたには本当に才能があるのかもしれないわね、サンドール」

私たちは労働に戻らなければならない。私たちの手と手が別れる。そして、私は思う。自分の手の中にリーヌの手を感じることなしにはもはや生きていけないと。

どのようにして彼女を引き留めればいいのか？

ある日の夕方、アパルトマンの郵便受けに、私はエヴからの一通の書簡を見つける。
《あなたの国の言語《ことば》を話す別の通訳が見つかりました。ですから、私たちにとって、あなたの存在はもはや不可欠ではありません。それにもかかわらず私は、たとえ数分間でも私の自宅であなたにふたたびお目にかかりたいのです。住所はご存知のはずです。あなたの緑色の眼に、そして……その他の部分にも、私は魅了されました。水曜と土曜の夜八時以降、私はあなたをお待ちしております。私の忘れ難い想い出を込めて——。エヴ》
私は返事をしない。いずれにせよ、私は今、彼女と交わることなどできそうもない。相手がヨランドでも同じことで、私はできない。私はもはやできないのだ。
「あなた、食が進まないわねえ、サンドール。わたしのお料理、嫌いなの？」

「きみの料理は申し分ないよ、ヨランド」

「何が問題なの？　あなた、まるで痩せた猫みたいよ。あなたの国の人たちのせいで、すっかりおかしくなってしまったのね」

「そんなことは心配しなくていいよ、ヨランド」

私は音楽を聴きながらソファの上で眠りに落ちる。真夜中、ヨランドが私を揺すぶる。

「送っていくわよ、サンドール。それとも、ここで眠りたい？」

「ありがとう、ヨランド。家《うち》に帰って寝るつもりだ。だけど、きみはわざわざ来なくていいよ。ぼくはその辺を一周《ひとまわ》り歩いて帰るから」

自宅に帰り着く。ジャンが台所に横たわっているのを見つける。酔っているのだろうと思って、彼を揺さぶってみる。彼は目を開ける。

「おれ、死んでないのか？」

「どうしておまえが死ぬなんてことがあるんだ？」

「だけどおれ、確かにガス栓を開いたんだよ」

「ガスは一週間前から切られてる。おれはもう料金を払っていないんだ。電気代も払っていない。電気も今に切られるはずだ。タオル類や、自転車や、懐中電灯や、双眼鏡や……おれは金を使いすぎた。それはそうと、おまえ、どうしてここへ入れた？」

「開いてたのさ」

「おれが閉め忘れたのにちがいない。まあ、大したことじゃない。盗むものなんて何もありゃしないんだからな。どうしてまた死のうなんて気になったんだ？」

「一通の手紙を受け取った。匿名の手紙だ。その手紙はおれに、もうけっして故国《くに》へ帰ってくるなって言ってる。というのも、おれの女房が他の男と仲良くなっていて、おれはただ送金を当てにされているだけらしい。女房はすでに他のやつの子供を身籠《みご》もってる。おれはどうすりゃいいんだ？」

「故国《くに》へ帰って女房を取り返すか、この国にとどまって女房のことはもう考えないか、二つに一つさ」

「だけど、おれは女房を愛してるんだ！　子供たちを愛してるんだ！」

「だったら、これからも女房子供に金を送り続けるんだな」

「別の男がそれで旨《うま》い汁を吸うことが分かっていながらかい？　おまえがおれの立場だったら、どうする？」

「見当もつかない。なにしろおれは、自分の今の立場でどうしたらいいのかさえ分からんのだからな」

「だけど、おまえは賢い男のはずじゃないか。それじゃおれはいったい、誰に相談したらいいんだ？」

「さあ、司祭かなあ……」

「おれ、それはやってみた。が、あの連中は生活を知っちゃいない。おれたちに諦めろって言うんだ。お祈りをしろとか、神様の思し召《おぼ め》しに任《まか》せろとか……。ところで、何か食べる物はないかな？」

「いや、ここには何もない。おれはヨランドのところで夕食を済ませたんだ。来いよ、外へ出よう」

私たちはいつもの居酒屋へ行く。もうほとんど客がいない。私に残っている少額の金で、私はジャンにジャガイモのサラダを食べさせる。

食べ終わると、彼は問う。

「おれはセンターへ戻らなくちゃいけないかな？」

「むろんそうさ。他のどこで眠りたいっていうんだ？」

「おまえの家さ。小さいほうの寝室。納戸になっているあの部屋」

「納戸はもうない。あの狭い部屋は、リーヌを迎えるために子供部屋に模様替えしたんだ」

「リーヌがおまえのところに来て住むのかい？」

「ああ、もうじきな」

「確かなのか？」

「うむ、しかし、おまえには関係ないことだ。小さいほうの寝室で、床の絨毯《じゅうたん》にでも構わないのなら、寝に来ていい。ただし、今晩だけだぞ。二度とは駄目だからな」

バスが最初の村に着く。いつもどおり、老女が新聞の束を受け取る。リーヌが乗り込む。私の横に坐る。彼女は数週間前からの習慣で私と手をつなぎ、さらに今日初めて、自分の頭を私の肩の上に置く。私たちはこうして、話すこともなく、バスに揺られて工場まで行く。バスが到着しても、リーヌが動かない。私は彼女が眠っているものと思い、彼女をそっと揺する。彼女がシートから落ちる。私は子供を抱き取る。そして叫ぶ。

「救急車を呼んでくれ！」

リーヌは工場のソーシャル・ワーカーのところへ運ばれる。誰かが病院へ電話をかける。託児所の女性が幼児の世話を引き受ける。

私はリーヌとともに救急車に乗り込む。訊ねられる。

「この方の配偶者ですか？」

「そうです」

私はリーヌの手を自分の手の中に包み込む。彼女の手を暖めようと試みる。病院へ運ばれる途中、リーヌが意識を取り戻す。

「どうしたの、サンドール？」

「些細《ささい》なことだよ、リーヌ。きみが気を失って倒れたんだ」

「ヴィオレットは？」

「ちゃんと保護されてる。心配しなくていいよ」

彼女はさらに問う。

「でも、わたしがどうしたっていうの？　どこも痛くないし、気分だっていいのに」

「些細なことさ、そうに決まってる。ちょっと気持ちが悪くなっただけだろう」

病院に到着する。係員が私に言う。

「ご自宅にお帰りください。のちほど電話します」

「家《うち》には電話がないんです。ここで待たせてもらいます」

係員は一つのドアを指さす。

「あの部屋の中の椅子に坐っていてください」

それは小さな待合室だ。私の他には、若者が一人いるだけだ。彼は、見るからに神経を昂《たかぶ》らせている。

「ぼくは見たくないんです。それなのに、この病院じゃ、ぼくを無理やり出産に立ち会わせて、女房がどんなに苦しむかぼくに見せつけようとするんです。でも、ぼくは、もしそんなものを見たら、もう絶対に彼女とセックスできなくなるんだ」

「きみの言うとおりだ。立ち会うのはよせばいい」

少しして、人が彼を呼びにくる。

「来てください、始まりますよ」

「いやだ！」

彼は逃げ出す。私が窓から外を眺めていると、彼が公園を走って横切っていくのが見える。

私はさらに約二時間待つ。と、若い医者がにこやかな表情で現れる。

「安心してお帰りください。奥さんは病気なんかじゃなくて、何のことはない、妊娠しておられるんですよ。たぶん明日には退院できます。午後二時頃に迎えにいらっしゃればいい」

昨日、病院をあとにして、私は仕事に戻らなかった。町の通りをあちらこちら歩き回り、そして十一時頃、私は、大学の前の公園のベンチに腰を下ろした。正午頃、コロマンが、ブロンドの髪の若い女子学生をともなって建物から出てきた。彼らは公園の中を歩いた。私は彼らのあとをつけた。彼らは、あるカフェのテラスの席に着いた。早くも気温が上がっていた。春の陽気だった。彼らは食事を注文した。楽しそうに笑っていた。

コロマンが若い女の子といるところを見て、私は嫉妬を感じた。リーヌが労働をしている時に彼女を裏切る権利は彼にないはずだった。他の女の子と戯《たわむ》れることができるのなら、リーヌを故国《くに》へ連れて帰る権利は彼にないはずだった。

私はまた、毎朝私と手をつなぐリーヌのことも考えていた。朝はあんなふうでも、前日の夜、彼女は夫と交わっていたのだ。そうでなければ、妊娠するわけがない。

私は立ち上がる。コロマンのテーブルのところまで行く。

「ちょっとお邪魔していいですか？」

彼が立ち上がる。苛立った様子だ。

「わたしに何の用ですか、サンドール？」

「リーヌが病院に入院しています。彼女、今朝、バスの中で気を失ったんです」

「気を失った？」

「ええ、わたしが病院まで付き添って行きました。向こうでは、あなたが来られるのを待っていますよ」

「で、子供は？」

「託児所の女性が、あなたの奥さんが戻ってくるまでめんどうを見ていてくれます」

「ありがとう、サンドール。病院へはあとで行ってきます。午後の講義を済ませたらね」

彼は急いでいない。悠然《ゆうぜん》と食事を終え、それから、若い女の子と連れ立って大学へ戻っていく。

私は病院へ引き返す。リーヌの枕元へ駆けつける。

「ご主人はもうじき、講義を済ませたらここへやって来ますよ」

「どうしてそんなよそよそしい話し方をするの、サンドール？」

「ぼくは寒いんだ、リーヌ。ひどく寒い。ぼくは今、きみを失いつつある。きみは、コロマンの二人目の子供を身籠もっているんだから」

翌日、私はまたバスに乗らなければならない。働きに行かなければならない。夜、私はリーヌの家の前を通って、彼女が退院してきたかどうかを窺《うかが》う。どの部屋にも明かりが灯っていない。

三日後になっても、リーヌは相変わらず退院していない。私は病院へ行くのをためらっている。リーヌを訪ねていくのをためらっている。私は彼女の夫ではない。私は彼女にとって、ひとりの余所者《よそもの》にすぎない。私は、彼女との間にどんな絆《きずな》も持っていない。私が彼女を愛しているということを除けば——。私は彼女の兄なのだが、このことは、私だけしか知らない。

四日目、私は病院へ電話をかける。病院によれば、リーヌは相変わらず入院していて、次の日曜日までは退院しない。

土曜の午後、私は花束を買う。私はそれをリーヌ宛てにして、病院の受付に預けようと思う。が、そのあとで彼女の夫のコロマンのことを思い、結局、花束を往来《おうらい》で見知らぬ女性にやってしまう。

日曜日、私は病院の前にやって来、一日中、公園の木々の後ろに身を隠して待機する。午後四時頃、ソーシャル・ワーカーの小型車が玄関前に停まる。まもなく、リーヌが病院から出てきて、ソーシャル・ワーカーの横の席に着く。

コロマンは妻を迎えに来なかった。

夜、私が窓に目をやると、コロマンがいつものように通り側の部屋で机に向かっており、リーヌはもうひとつの部屋で幼い女の子の世話をしている。


月曜の朝、リーヌがバスに乗ってくる。彼女は以前にもまして痩せていて、蒼白い。彼女は私の横に坐る。泣いている。私の手に、私の腕にすがりついてくる。

「サンドール、サンドール」

私は問う。

「どうしてあんなに長く入院していたの？」

彼女が私の耳に囁《ささや》く返答を辛《かろ》うじて聞き取る。

「わたし、中絶したのよ、サンドール」

私は黙る。どんな言葉を発すればいいのか分からない。私は、自分が満足なのか、悲しいのか、分からない。リーヌをとても強く抱き締める。彼女が言う。

「あなたのせいよ。すべて、あなたのせいなの。コロマンはね、わたしたちの子供、つまりあなたとわたしの子供だと思い込んでいたわ。わたしたちは一度も交わったことがないのに」

「ないよ、リーヌ、一度もない。きみは子供を流したくなかったのかい？」

「サンドール、あなたには分からないわよ、お腹の中の子供を取り上げられる時にわたしたち女が何を感じるか——。もしかしたらかわいい男の子だったかもしれない……。それなのにコロマンは、わたしに強制して子供を流させたわ。わたしの夫、わたしはあの人をもう愛していないわよ、サンドール。あの人なんか大嫌い。憎んでるわ。それに、彼はきっと町に愛人を作っていると思う。帰宅時刻が遅くなる一方だもの。わたしたち、決めたのよ。故国《くに》へ戻ったらすぐに離婚届を出すことにね」

私は言う。

「それなら、コロマンを一人で帰国させて、きみはぼくとここに残ればいい。今晩からでも、きみはヴィオレットを連れてぼくの家《うち》へ来れるんだよ。すべて用意は整っているんだ。子供部屋も、われわれの寝室も、必要なものは何でもある。玩具《おもちゃ》まであるる」

「あなたの家《うち》に子供部屋があるの？」

「そうさ、リーヌ。ぼくはずっと前からきみたちを待っているんだから。いつか、きみとぼくとでかわいい男の子を拵《こしら》えようよ、リーヌ。子供だって、きみの好きなだけ産めばいい」

「……で、わたしたちが働いている間、その子たちを託児所に預けておくわけね」

「それだっていいじゃないか？　託児所で幸せに育つよ。いろんな遊びや友達に恵まれるもの」

「でも家族や親族がいないわ。この国では、その子たちはけっして家族の輪に恵まれない。おばあちゃんも、おじいちゃんも、叔父さんも、叔母さんもいないし、従兄弟だっていない」

「そりゃ、何もかもを手に入れるわけにはいかないよ。自分の国を離れる以上、あらゆることに適応していかなくちゃならない。でも、もしぼくを愛してくれているなら、きみはそのことを受け入れられるはずだよ」

「あなたを愛しているわ、サンドール。でもね、こちらにとどまることを決心できるほどではないのよ」

「もしぼくがきみと一緒に故国《くに》に戻ったら、結婚してくれるかい？」

「いえ、駄目だわ、ごめんなさい、サンドール。わたし、できないと思う。あなたのことを、わたしがどう言って両親に紹介することができるというの？　はい、これがトビアス、わたしの夫よ、エステルの子供よ、なんて……」

「嘘をつけばいい。彼らに、ぼくが本当は誰かなんて分かりはしないよ」

「嘘をつく？　これからの一生の間ずっと？　父と母に？　わたしたちの子供に？　すべての人に？　あなた、よくそんなことをわたしに提案しようなんて思うわね」


私は自宅に一人きりでいる。子供部屋を、たくさんの玩具を、リーヌのために買った絹の部屋着を眺めている。

もうどうしようもない。私はすべてを試みた。無力感ほど辛いものはない。私はビールを何本もがぶ飲みし、煙草を次々に吸い、何も考えず、何も望まずに坐っているしかない。

すべてが終わった。永久にリーヌは私の家にやって来はしない。まもなく、彼女は、彼女が愛していない男とともに発《た》っていく。私は思う。彼女は不幸せになるにちがいない、彼女が私以外の男を愛することはけっしてないだろう。

しばらくのち、私は台所へ行って、何か食べようとする。冷蔵庫からベーコンの切れ端を出す。ベーコンを切るために、まな板とナイフを取る。

私はベーコンを二切れ、切り取る。そして静止する。手に持っているナイフを凝視《ぎょうし》する。私はそれを拭《ふ》く。上着の内ポケットに滑り込ませる。立ち上がる。家を出る。自転車に乗る。

私は猛然とペダルをこぐ。私は自分が狂っているのが分かる。そんなことをしても何にもならないと、分かっている。が、私は行動しないでは、何かを実行しないではいられない。私にはもう失うものは何もなく、コロマンは死に値する。

彼は罰せられなければならない。妻に強制して、彼女が懐胎《かいたい》していた子供を、彼自身が父であった子供を流させたのだから。私は、子供が私の子であればよかったと思う。しかし、そうではなかった。

夜八時、私はリーヌの家の前にいる。通り側の部屋には、明かりが灯っていない。リーヌは台所にいるか、あるいは、ヴィオレットとともにもう一つの部屋にいるのにちがいない。

通りには人けがない。通行人が一人もいない。私は階段に腰を下ろす。待つ。

コロマンが十一時頃、最終のバスで帰ってくる。私は、家の入口のドアの前で、彼の行く手を遮《さえぎ》る。

「何の用です、サンドール？」

「リーヌを酷い目に遇《あ》わせたあんたを罰してやる。あれはあんたの子だったんだぞ、コロマン、わたしの子ではなかったんだ」

彼は私を押し返そうとする。

「ばかなやつだ、出ていけ！」

私は上着からナイフを出し、それを彼の腹に突っ込む。どうしても抜き取ることができない。コロマンの体が刃のまわりに丸くなる。崩れ落ちる。私は彼をそのまま地面に放置する。自転車に跨《また》がる。逃げ去る。悲痛な彼の呻《うめ》き声が耳に貼り付いている。


私は自分のベッドに寝ている。警官がやって来るのを待っている。アパルトマンの入口のドアを開けっ放しにしておいた。夜がこうして過ぎていく。私は眠れない。けれども、私は恐れてはいない。刑務所も工場も、私には同じようなものだ。少なくともこれで、リーヌがあの汚いやつを厄介払いできたということになるだろう。

朝になっても、警官たちは相変わらず現れない。九時頃、私の眼の前にいるのはリーヌである。彼女が私の家《うち》に来たのはこれが初めてだ。彼女は、一つしかない椅子に腰かける。

私が問う。

「彼は死んだかい？」

「いいえ、今、病院よ。彼が退院したら、退院には数日かかると思うけれど、そしたらすぐに、わたしたちはここを発《た》つわ。近所の人たちが悲鳴を聞いて駆けつけてきたのよ。同じ人たちが救急車を呼んだわ。傷はごく浅いものよ」

私は何も言わない。まったくもって自分は人を殺す能力がないと思う。

彼女が続ける。

「コロマンはあなたを告訴しないことにしたわ。ただし、条件を一つ出されたのよ。離婚後、ヴィオレットを向こうに渡すこと。わたしは書類に署名しなければならなかった。それと引き換えに、彼は、見知らぬ男に襲われたと申告したわ」

「そんなものに署名すべきじゃなかったよ、リーヌ。ぼくは刑務所へ行くことなんか何とも思っちゃいないんだ」

「わたしはね、あなたが刑務所に入らなくて済むようにしたかったの。あなたを愛しているからよ、サンドール。あなたがわたしを愛してくれているより以上にね。もしあなたが本当にわたしを愛していたのなら、あなたはどこか遠くへ去っていったはずよ。そしたら、わたしはあなたを忘れられたと思う」

「ぼくのほうは忘れられないよ、リーヌ。どんなに遠く離れたとしても、ぼくはけっしてきみを忘れなかっただろう」

「あなたはまた別の女性と出会ったでしょうよ」

「どんな女性もきみではない、リーヌではあり得ない」

「わたしの名前はカロリーヌよ。リーヌは、あなたの想像の産物の一つだわ。あなたの人生に現れる女性は皆、リーヌという名前なのよ」

「いや、きみだけだ。きみはすべてを失ったのだから、ぼくと一緒にこの国にとどまれ」

「まだそんなことを言ってるの？　あなた、本当にどうかしてると思うわよ、サンドール。あなたはわたしに不幸ばかりをもたらしたわね。あなたはわたしの人生を破壊した。あなたのせいで、わたしは子供を二人失ったのよ。もう永久に、あなたに会いたくない。自分の娘と同じ国の中で暮らしたいの。さようなら、トビアス」

彼女は立ち上がる。出ていく。ドアを閉める。

私は彼女に、私が彼女の兄であることを言わなかった。

私は彼女に、私がかつて私たちの父を殺そうとしたことを言わなかった。

私の人生はといえば、ごく少ない言葉に要約することができる。——リーヌが来て、それから、彼女が去った。

頭の中で、私は彼女になおも言っている。

「われわれの子供時代すでに、きみは醜くて意地悪だった。ぼくは、自分がきみを愛しているのだと思い込んだ。ぼくは間違ったのだ。いやはや、とんでもない！　ぼくはきみを愛してなんかいない。きみのことはもちろん、誰も、何も愛していないし、人生そのものだって愛してはいない」

船の旅人たち

空に暗雲が広がり、雨の気配が濃くなってきたかに私には思える。もしかすると、私が涙していた間に、すでに雨が降ったのかもしれない。

たぶんそうなのだ。私の掌《たなごころ》の上で大気が色づいているし、黒い雲のすぐ横で、空の青が透き通っている。

太陽はなお空に残っていて、こわばり、まさに墜《お》ちようとしている。立ち並んで列を成している街灯が、道路に沿って根を下ろした。

傾いた黄昏時《たそがれどき》、傷ついた一羽の鳥が飛翔《ひしょう》して空に斜線を引くが、しかし絶望して、私の足元にふたたび墜ちる。

「おれは大きくて、ずっしりとしていた」と、彼は言う。「夕方になると、人びとは、彼らの頭上に落ちるおれの影に怯《おび》えたものだ。おれもまた、爆弾が落とされる時には怯えた。おれはいったん遙《はる》か彼方へと飛び立っていき、危険が去ると、戻ってきて死骸の散らばる地域の上空を長々と滑空したものだ。おれは死が好きだった。おれは死と戯《たわむ》れるのが好きだった。暗い山々の頂《いただき》に留まって、おれは翼をすぼめ、そして石のように、おれは落下するにまかせるのだった。しかし、おれはけっしてとことんまで落下して行くことはなかった。おれはまだ怖がっていたのだ。おれは、おれ以外のものの死しか好きではなかった。おれ自身の死、おれがそれを好むことを覚えたのはもっとあと、もっとずっとあとになってからだった」

私は鳥を腕の中に抱く。その鳥を愛撫する。翼が砕かれている。

「友人が屈辱を受けたからといって、誰も驚きはしない」と、彼は言う。「町へ行け。

町には、まだ光がある。おまえの顔を蒼白くする光、死に似ている光。町へ行け。町では、人びとは幸福だ。愛を知らないがゆえに——。彼らはあまりにも満たされているので、互いの存在を必要と感じず、神も必要としていない。夜、彼らは自分の家の扉に二重の鍵をかけ、辛抱強く人生が過ぎ去るのを待つ」

「うむ、そのことは私も知っている」と、私は傷ついた鳥に言う。「何年も前のこと、私はある町で道に迷ったことがある。その町には一人も知り合いがいなかった。したがって、自分がどこにいるかなど、どうでもいいことだった。あの折り私は、望めば自由かつ幸福であることができただろう。当時の私は、誰をも愛していなかったから——。

私は黒い湖の岸で立ち止まった。ひとつの影が、私をじっと見つめながら通り過ぎていった。あるいはあれは、私が絶えず繰り返していた一篇の詩にすぎなかったのだろうか、音楽だったのだろうか？　私にはもう分からない。想い出そうとはするのだが、想い出せない。私は驚愕《きょうがく》したのだった。私は走って逃げ去った。

私にはひとりの友がいた。七年前、彼が自殺した。その夏の終わりの数日の暑さも、雨の降りしきる森の中で聞こえた希望のない涙も、私は忘れることができない」

「だが、おれは」と、傷ついた鳥が言う。「おれは素晴らしい平原を知っているぞ。

もしおまえがあれらの平原まで行けたら、おまえはおまえの心など忘れてしまうだろう。そんな平原には、花はない、草が無数の旗のように風にそよいでいるのだ。ああした幸福な平原は無限だ。おまえはただ、こう言えばいいのだ――私は休息したい、平和の大地よ」

「うむ、そのことは私も知っている。しかし、やがてひとつの影が通るのだ。一枚の絵、一篇の詩、一つのメロディー」

「それならば、山へ行け」と鳥が言う。「そして、おれを死んでいくがままにしておいてくれ。おれはおまえの悲しみには我慢がならない。身振りの、灰色の滝の悲しみ、泥だらけの畑に沿って進む夜明けの悲しみ」

　山の上に、演奏家たちが集合した。指揮者が黒い翼を脇にすぼめた。すると、他の者たちが演奏を始めた。

彼らの船は音楽の波の上を航行する。弦《コルド》（＝ロープ《コルド》）が風に揺れる。

いちばん大柄な者の鉤型《かぎがた》の指が木の中にめり込んだ。他の四者が衣装を脱ぎ捨てた。

彼らの脇腹が緊張する。彼らの膝《ひざ》が撓《たわ》む。彼らの動脈の上で、黒いクモが踊っている。

谷間では、陽光がなおも谺《こだま》し、灰色の簡素な家々が原っぱの草をはんでいると、最も屈強な演奏家が、それまで夢想家らしく麦畑を散歩していたのだが、丘の上で跪《ひざまず》いた。船底では、いちばん幸せな鳥が歌っていた。

他の者らは、無力な太陽の松葉杖を見なかった。一枚の絵が空のさまざまな色でいっぱいになった。眼の中に、来《きた》るべき星々が灯った。

すると、船の男たちは、仲間の死者たちを肩に担《かつ》ぎ、大地の方へ最後の一瞥《いちべつ》を投げかけた。

カロリーヌが発《た》っていってから二年後、私の娘リーヌが生まれた。さらに一年後、私の息子トビアスが生まれた。

私たちは朝、二人を託児所に預ける。夕方、二人を受け取る。

私の妻ヨランドは、模範的な母親だ。

私は相変わらず時計工場で働いている。

町から一つ目の村では、バスが停まっても誰も乗らない。

私はもはや、ものを書いてはいない。

母語を奪われた者の悲しみ

評論家
川本三郎

『悪童日記』で突然、文学界に現われ、たちまちにして多くの読者を魅了したアゴタ・クリストフはすでによく知られているようにハンガリー生まれ。

一九五六年のハンガリー動乱の時に、夫と共に赤ん坊を連れ、命がけで国境を越え、スイスに亡命、フランス語圏の町に住み、時計工場で働くようになった。

その町で生きてゆくためには、フランス語を修得しなければならない。留学のように自ら望んだわけでなく異国に住むようになったのだから、母語を使わず異国語で暮すのはつらいことだったろう。

それでもなんとかフランス語で読み書き出来るようになった。『悪童日記』はフランス語で書かれた。

近年、文学の世界で「ディアスポラ」という言葉がよく使われるようになった。「離散した民」という意味でもともとは古代ユダヤ人の離郷者を指したが、今日ではさまざまな国境を越えた人々に使われる。単一の文化ではなく複数の文化を見ることが出来るため、「ディアスポラ」には新しい文化を創り出す可能性がある。アゴタ・クリストフも、積極的にではなく仕方なく国境を越えた人間ではあるが「ディアスポラ」と呼ぶことが出来るかもしれない。

とはいえ、その作品にはどこまでも亡命者の悲しみ、故郷をそして母語を捨てざるを得なかった者の苦しみ、本来の居場所ではないところで生きる者の不安が深くしみこんでいて、暗い影におおわれている。

『悪童日記』『ふたりの証拠』『第三の嘘』に続くアゴタ・クリストフの四番目の作品になる本書は、訳者の堀茂樹氏がいうように、先行する三作の続篇ではないが、それでも、亡命者の文学という点では、前三作の雰囲気を受継いでいる。

主人公の「私」は、亡命者である。ただハンガリーとかスイスとか具体的な国の名前は記されていない。そのためもあって『悪童日記』がそうだったように寓話の形を持っている。事実の積み重ねというより、「私」の心の動きを追っている。夢の記述があるし、夢と現実の区別、作者の文章と「私」の文章の区別があいまいになるところもある。

「私」は男である。女性作家のアゴタ・クリストフは主人公を男に設定し、まず、作者と

「私」のあいだに距離を作る。それは、捨ててきた故国と現在暮している異国との距離、母語と異国語との距離に対応している。

「私」は他人に語る時のにせの過去と、他人には語らない本当の過去の二つを持っている。二重の生を生きている。

精神科の医師に子供時代のことを聞かれると、巧みに捏造されたにせの過去を語る。両親は爆撃で死んだ。孤児院で育てられ、十二歳の時に孤児院を逃げ出し、国境を渡った。戦災孤児である。戦争の時代には、親を失なった子供などありふれた存在であり、誰も「私」のにせの過去を疑わない。

他人には語らないもうひとつの本当の過去は――、「取るに足らないある国の、名もない村で生まれた」。

母親は、盗人で、乞食で、村の娼婦だった。どうもジプシー（ロマ）らしいことが暗示されている。実際、ハンガリーにはジプシーが多く住んでいる。アゴタ・クリストフは一九九五年に来日した時の講演で、子供の頃、育った村にはジプシーがいて、彼らが話す、自分たちの言葉とは違う言葉に不思議な思いがしたと語っている。世の中には、自分たちとは違う言葉を話す人々がいると知った最初の体験である。

「私」も母親も村のアウトサイダーであり、村人から疎外されている。そこには、亡命国スイスでアウトサイダーでしかなかったアゴタ・クリストフ自身の体験が反映されていると思われる。アゴタ・クリストフの文学はつねに、社会の中心からはずれてしまった疎外された人間を描く。胸を張って「ディアスポラ」ということはない。身をすくめるようにして異国の片隅で生きている。いわば彼らは、本当の自分を隠すほかない、影のような人間たちである。

アゴタ・クリストフの作品に、具体的な国の名、地名が明示されないのは、あるいは、第二次世界大戦、ハンガリー動乱とも書かれていないのは、主人公の誰もが故郷を失ない、異国に浮遊するしかない、影のような人間たちだからだろう。

「私」は、なんとか小学校には行くことが出来た。村にひとつしかない小学校の先生が母親の客の一人であり、「私」の面倒を見てくれたためだが、「私」は、ある夜、母親と先生がいつものようにベッドで抱き合っている時に、肉切り包丁で二人を刺し、逃亡する。にせの過去では空襲で孤児になったが、本当の過去では自分から親を殺し、孤児になった。殺人、しかも、きわめて頭がいい子供（「私」は学校でいつも最優秀の成績だった）、という点で、「私」は『悪童日記』の双子に似ている。

ただアゴタ・クリストフは、「私」の過去を深く書きこまない。殺人、逃亡を、寓話のなかのひとつの日常的出来事のように簡単に書き記すだけ。フランス語という異国の言葉で書いているために語彙が少なく、深く書きこめないという事情もあるだろうが、それ以上に、影のような人間には、殺人や逃亡のような普通の人間には大事件も、手ごたえのない虚の出来事のように思えてしまうからである。アゴタ・クリストフの文学の特異性は、この手ごたえのなさにある。

母語を失なわれてしまった人間には、戦争も亡命も、あるいは殺人でさえも、影絵のように見えてしまう。幻影のように見えてしまう。確かさの欠如が、アゴタ・クリストフの小説世界を一種の幻想小説にしている。

「私」は、十六歳の時に異国にやってきて十年近く、その国の時計工場で労働者として働いている。亡命者アゴタ・クリストフのスイスでの体験が反映されているが、ここでも具体的な地名の明示はなく、「私」は、ただ影のように異国の町を浮遊するだけ。

工場の仕事は単調で、経済的には安定しているが、毎日毎日、朝早くから工場に出かけ時計の部品に機械的に穴を空けてゆく仕事にうんざりしている。同じ境遇の亡命者のなかには、単調な生活と先に希望が見いだせない生活に絶望し、自殺してゆく者も出てくる。このあたりもアゴタ・クリストフ自身の時計工場の体験が反映されていよう。

「私」は、将来に希望を持つことも出来ないが、といって現在に絶望するだけの強い挫折感もない。影のような人間にとっては、絶望さえも遠くにある。

そんな時に、「私」は、かつて、子供時代に村の小さな小学校で一緒だったカロリーヌ、略称リーヌにバスの中で出会う。学者と結婚し、子供もいる。同じ亡命者かと思っていたが、夫がこの異国に留学していることが分ってくる。

といってもリーヌは、「私」をはじめ、他の亡命者と同じように、異国での生活を重荷に感じている。経済的に貧しいこともあるが、それ以上に、言葉が通じない疎外感が強い。リーヌは小学校の先生の娘だった。そして「私」は、自分の父親がその先生であることを知っていた。つまり、「私」とリーヌは、異母兄妹になる。その事実を「私」は知っているが、リーヌは知らない。「私」は、リーヌに事実を教えることはない。

「私」とリーヌ。分身の関係にある。アゴタ・クリストフは、子供を抱えて夫と共に異国で暮さざるを得なかった自分と、ひそかに「書く」ことによって自分の疎外感を消そうと努力していた、もうひとりの自分を、リーヌと「私」にわけて投影している。このあたりにも『悪童日記』の双子の兄弟が投影されている。

幸福な作者なら、分身であるリーヌと「私」を結びつける筈だが、アゴタ・クリストフにはそういう幸福はない。リーヌと「私」はお互いに惹かれあいながら、最後は、二つに分裂してゆかざるを得ない。

リーヌは、母語の世界へと戻ってゆき、「私」は、異国の言葉の世界にとどまり、生きてゆかざるを得ない。二人の別離は、男女の愛の別れ以上に、言葉の別れになっている。そこがこの小説の主題になっている。

亡きコラムニストの山本夏彦は、好んで、ルーマニアの思想家シオランのこんな言葉を引用した。

「私たちは、ある国に住むのではない。ある国語に住むのだ。祖国とは国語だ」

言葉（母語）が、ひとにとっていかに大事かが語られている。アゴタ・クリストフは、母語を奪われ続けてきた作家である。最近、堀茂樹氏の訳によって出版された自伝『文盲』（白水社）には、ハンガリーという東欧の小国に生まれ育った人間が、いかに母語を奪われてきたかが綴られている。

第二次世界大戦中は、ドイツ軍が侵入して来た。ドイツ語が支配者の言葉になった。戦争が終ると、今度はソ連がやって来た。誰もロシア語など学びたくなかったのに、上からロシア語を強制された。

そして、ハンガリー動乱でスイスに亡命してからは、強制されたわけではないが、異国語であるフランス語を修得する他なかった。いわばアゴタ・クリストフは、本当の自分の言葉であるハンガリー語を奪われ続けて来た、言語喪失者、「文盲」である。『昨日』という題名には、母語がまだ母語としてあった幸福な時代への郷愁が含まれている。

母語が失なわれる。それは大きな不幸である。アゴタ・クリストフの凄さは、その不幸から出発して、母語を奪われた者の悲しみを文学作品のなかに結実させていったことにある。

本書は、一九九五年十一月に早川書房より単行本
として刊行された作品を文庫化したものです。

悪童日記

Le grand cahier

アゴタ・クリストフ
堀 茂樹訳

戦争が激しさを増し、ふたごの「ぼくら」は、小さな町に住むおばあちゃんのもとへ疎開した。その日から、ぼくらの過酷な生活が始まる。人間の醜さや哀しさ、世の不条理——非情な現実を目にするたび、ぼくらはそれを克明に日記に記す。戦争が暗い影を落とす中、ぼくらはしたたかに生き抜いていく。圧倒的筆力で人間の内面を描き読書界に旋風を巻き起こしたデビュー作。

ヘビトンボの季節に自殺した五人姉妹

The Virgin Suicides

ジェフリー・ユージェニデス
佐々田雅子訳

リズボン家の姉妹は自殺した。あの夏、何を心に抱えていたのか、五人は次々と命を散らしていった。美しく個性的で謎めいた存在にぼくらは心を奪われ、姉妹のことなら何でも知ろうとした。やがてある事件が厳格な両親の怒りを買い、姉妹は自由を奪われてしまう。ぼくらは懸命に救出しようとするが、その想いが姉妹に伝わることはなかった……残酷で美しい異色の青春小説

ハヤカワepi文庫

オリーヴ・キタリッジの生活

Olive Kitteridge

エリザベス・ストラウト
小川高義訳

〈ピュリッツァー賞受賞作〉アメリカ北東部にある港町クロズビー。一見平穏な町の暮らしだが、人々の心にはまれに嵐も吹き荒れて、癒えない傷痕を残していく――。住人のひとりオリーヴ・キタリッジは、繊細で、気分屋で、傍若無人。その言動が生む波紋は、ときに激しく、ときにひそやかに広がっていく。人生の苦しみや喜び、後悔や希望を、静謐に描き上げた連作短篇集

ハヤカワepi文庫

日の名残り

The Remains of the Day

カズオ・イシグロ
土屋政雄訳

人生の黄昏どきを迎えた老執事が、旅路で回想する古き良き時代の英国。長年仕えた先代の主人への敬慕、女中頭への淡い想い……忘れられぬ日々を胸に、彼は美しい田園風景の中を旅する。すべては過ぎさり、取り戻せないがゆえに一層せつない輝きを帯びた思い出となる。執事のあるべき姿を求め続けた男の生き方を通して、英国の真髄を情感豊かに描いたブッカー賞受賞作。

ハヤカワepi文庫

見えない日本の紳士たち

The Invisible Japanese Gentlemen and Other Stories

グレアム・グリーン
高橋和久・他訳

〈グレアム・グリーン・セレクション〉
レストランで偶然聞こえてきた若い娘とその婚約者との何気ない会話を描く、短くも鮮烈な表題作。海辺の保養地を訪れた新婚夫婦の仲が危機に瀕する様子を中年の作家がつづる「ご主人を拝借」——本邦初紹介の「祝福」と「戦う教会」を含む、ひそやかなユーモアと胸を打つ哀感をあわせもった十六短篇を収録した日本オリジナル短篇集

ハヤカワepi文庫

ハヤカワ epi 文庫は，すぐれた文芸の発信源（epicentre）です。

訳者略歴　1952 年生，フランス文学者，翻訳家
訳書『悪童日記』『ふたりの証拠』『第三の嘘』クリストフ
『シンプルな情熱』エルノー
（以上早川書房刊）他多数

昨日《きのう》

〈epi 35〉

二〇〇六年五月十五日　発行
二〇二四年十一月十五日　三刷

（定価はカバーに表示してあります）

著者　アゴタ・クリストフ
訳者　堀《ほり》　茂《しげ》樹《き》
発行者　早川　浩
発行所　株式会社　早川書房

郵便番号　一〇一 - 〇〇四六
東京都千代田区神田多町二ノ二
電話　〇三 - 三二五二 - 三一一一
振替　〇〇一六〇 - 三 - 四七七九九
https://www.hayakawa-online.co.jp

乱丁・落丁本は小社制作部宛お送り下さい。
送料小社負担にてお取りかえいたします。

印刷・株式会社亨有堂印刷所　製本・株式会社フォーネット社
Printed and bound in Japan
ISBN978-4-15-120035-9 C0197

本書は活字が大きく読みやすい〈トールサイズ〉です。